CW00450021

Una taza de café con...

Una taza de café con...

ÁLVARO PATRICIO PÉREZ
& GONZÁLEZ

Itzel del Río Gómez - Diseño de portada y contraportada.
Luis Antonio Ortiz Vargas - Fotógrafo.

Número de Control de la Biblioteca del Congreso de EE. UU.:		2019909762
ISBN:	Tapa Dura	978-1-5065-2956-1
	Tapa Blanda	978-1-5065-2955-4
	Libro Electrónico	978-1-5065-2954-7

Información de la imprenta disponible en la última página.

Fecha de revisión: 18/07/2019

Para realizar pedidos de este libro, contacte con:
Palibrio
1663 Liberty Drive, Suite 200
Bloomington, IN 47403
Gratis desde EE. UU. al 877.407.5847
Gratis desde México al 01.800.288.2243
Gratis desde España al 900.866.949
Desde otro país al +1.812.671.9757
Fax: 01.812.355.1576
ventas@palibrio.com
619322

ÍNDICE

INTRODUCCIÓN

"Todos somos maestros"

Recuerdo que desde muy chico mi padre repetía varias veces esta frase: "todos somos maestros".

Yo no entendía bien a bien qué quería decir con ella.

Teníamos la costumbre de comer en familia todos los sábados una vez que concluía su trabajo mi padre. Me gustaba acompañarlo porque enfrente a su oficina, había un pequeño parque en el que, en medio del mismo, había una biblioteca muy pequeña pero que yo la veía enorme, en donde literalmente "devoraba" todos los libros que ahí se encontraban.

Uno de esos sábados, tomé uno de los libros de la biblioteca y al empezar a hojearlo, cuál va siendo mi sorpresa que me encuentro con la frase "¡todos somos maestros!"

Recuerdo muy bien que ese mismo día, durante la comida familiar, no esperé más y le pregunté a mi padre el significado de esa frase, él, después de darse un respiro me dijo: - Cada persona estamos hechos de historias, algunas buenas y otras no tanto, pero son historias de vida que quedan como experiencias; experiencias que se traducen en formas de pensar, formas de actuar, formas de afrontar las situaciones que se presentan. Y todas estas formas son individuales, particulares, únicas. Es decir, vamos viviendo y solucionando nuestra vida de acuerdo a esas experiencias. Otras personas seguramente han tenido experiencias similares, pero la forma en que las viven y las solucionan son diferentes, de ahí que "todos somos maestros", ya que cada persona siempre tiene algo que enseñarnos. ¡Tú eres un maestro de propia vida!, me dijo. ¡Yo soy un maestro de mi vida!, y así somos todas las personas. Por lo anterior, debes ver a los demás no sólo como personas, sino también como maestros -.

A partir de entonces, esta frase y la explicación de mi padre, me han acompañado toda la vida.

Desconozco si derivado de esta frase o en mi afán de encontrar respuestas existenciales, mi afición por la lectura se incrementó, especialmente por las biografías de personajes de la historia de la humanidad. Inicialmente para conocer su vida y sus obras, pero en este andar, me fui encontrando con aspectos poco conocidos de muchos de estos personajes. Aspectos más personales, más íntimos que, desde mi punto de vista nos han dejado un legado de formas de afrontar la vida, y que hoy por hoy pudieran ser herramientas que podemos poner en práctica las personas, a fin de modelar esas formas de pensar, de actuar, de ser y que ello nos lleve a mejorar nuestra vida.

Ahí es en donde nace la propuesta del libro "Una taza de café con..........", y para ello, pensé que una buena forma de expresarlo es "concertar" citas con estos personajes de la historia, traerlos a la actualidad para platicar con ellos y ellas y a través de esta charla nos hagan saber el cómo actuaron ante situaciones de crisis, de molestia, de enojo, etc., y cómo las solucionaron.

Para mi sorpresa, encontré que algunas de esas formas de afrontar y solucionar esos hechos, en la actualidad son practicados en muchas de las terapias de acompañamiento personal, desde la psicológica, hasta el coaching, mentoría, etc.

Por lo anterior, te propongo la lectura de estas "citas de café" con estos grandes personajes que, sin ser biográficas tocan una, tan solo una, de las historias de su vida que los llevó a actuar en determinada forma, y el cómo las gestionaron en su beneficio.

Tal vez en estas "citas de café" encontrarás situaciones de vida similares a las tuyas, y es ahí donde cobra singular importancia aquella frase que mi padre me legó: "todos somos maestros", y las formas en que estos personajes solucionaron sus momentos de crisis pudieran ser una herramienta a poner en práctica como parte de un trabajo personal que te lleve a mejorar en cualquiera de las áreas de tu vida.

Por supuesto que lo que aquí se plantea, no pretende convertirse en terapia alguna; la información que aquí se presenta es de carácter divulgativo, no es para diagnosticar, prescribir medidas terapéuticas o tratar ningún problema de salud. Esta información tampoco pretende sustituir la consulta con profesionales competentes, por lo que el autor declina toda responsabilidad por el mal uso que pueda hacerse del material que aquí se presenta.

Una taza
de café
con...
Madre Teresa
de Calcuta

Desde el momento en que se concertó la cita, para mí resultó enigmática, ya que ésta se realizaría en la ciudad de Calcuta o como también se le conoce, "la ciudad de la alegría", en ese fabuloso país de la India.

Llegué puntualmente al no. 58 de Nimtala Ghat St., en la parte oeste de la ciudad, para conocer a una persona a la que admiraba hacía muchos años; una mujer a la que honraba por su "abnegación, generosidad y entrega, pero sobre todo por su filosofía de vida llevada a la práctica "**en cualquier tiempo, y en todo el tiempo**", como ella misma expresaba cuando se trataba de paliar el dolor ajeno, sobre todo, de aquellos a los que la mayoría daba la espalada, rehuían y discriminaban: los más necesitados.

Hacía unos días, ella había dado un discurso en una reunión realizada en Washington, D. C., y al leer la reseña, me impactó una frase que pronunció: "**Es paradójico que hablemos de los pobres en lugar de hablarles a los pobres".** Tenemos la costumbre de referirnos de la pobreza como algo exclusivamente material, sin embargo **"la falta de amor es la mayor pobreza del ser humano".** Ocupamos gran parte de nuestro tiempo en juzgar a los otros, y **"si juzgamos a los otros, no nos queda tiempo para amarlos"**

Aun retumbando estas frases en mi cabeza, de pronto me vi instalado en una sala de color blanco, más bien pequeña y que por mobiliario contaba tan solo con dos sillones y una mesita, y por decoración una gran fotografía de esta gran personalidad acompañada del Papa Juan Pablo II.

La noche anterior, no había podido conciliar el sueño, con esa rara mezcla interna que se forma por nervios, emoción e interés cuando tienes la certeza que vivirás una experiencia de esas que algunos llaman "cumbre", por conocer a la Madre Teresa de Calcuta y su filosofía de vida.

Por fin llegó el momento del encuentro, con paso lento pero firme, con su andar característico acercándose y una sonrisa amigable que, en conjunto todo su ser irradiaba luz, energía y paz interna.

Ella, con una taza de té, yo, con una taza de café. Le transmití mi deseo de conocer más que de la congregación por ella fundada, saber de las fortalezas personales que había puesto en práctica para lograr materializar su sueño, un sueño que para muchos fue una "locura", al destinar tiempo, esfuerzo y dedicación a los más necesitados.

Con una gran claridad de pensamiento y sobre todo con sabiduría basada en su firme compromiso para con la humanidad, me platicó que en un momento de su vida se dio cuenta de su gran proyecto de vida, el cuál convirtió en misión personal, a costa de prescindir de una cómoda vida familiar, y de abandonar, con permiso papal, la congregación inicial de su apostolado de servicio, para dedicarse a cuidar, acompañar y estar con los más necesitados no solo materialmente sino espiritualmente también, misión que inició en esta ciudad de Calcuta.

Tú me preguntaste acerca de mis fortalezas, prefiero que seas tú quien las descubras, me expresó, y recordó: "tuve muchos momentos de duda, sentimientos de soledad y la tentación de regresar a mi vida anterior de convento, solo era necesario pedirlo y devolverme", pero ese regresar hubiera implicado regresar a mi zona de confort, y el permanecer en ella provocaría ir un escalón más abajo, la conocida zona de incomodidad personal que se sufre al no estar contenta con lo que haces, sabiendo que podrías hacer más, ¡mucho más!, y ello, hubiera sido un gran acto de desamor conmigo misma al privarme de la oportunidad de co-crear un mundo mejor y darles al menos una esperanza a aquellos que tal vez sea lo único que tengan en su vida, por supuesto que "no siempre podemos hacer grandes cosas, pero sí podemos hacer cosas pequeñas con gran amor", por ejemplo con una palabra de aliento a quien lo necesita, "las palabras amables pueden ser cortas y fáciles, pero sus ecos son infinitos", por lo tanto, no debemos limitarnos en las expresiones de amor hacia los demás, "muchas veces basta una palabra, una mirada, una sonrisa o un gesto para llenar el corazón de una persona", estoy plenamente convencida que "la paz comienza con una sonrisa".

Sus tareas eran no solo interminables, sino una prioridad "en cualquier tiempo y en todo el tiempo", por lo que preferí no interrumpir más sus actividades y me despedí por esta ocasión de ella y al tiempo de agradecer su atención ella me dijo "no puedo parar de trabajar.

Tendré toda la eternidad para descansar". Totalmente absorto en este gran aprendizaje, me alejé reconociendo en la Madre Teresa de Calcuta tres fortalezas personales que con toda certeza la identifican como la gran emprendedora humanitaria en que se convirtió:

- ✓ Tener un propósito
- ✓ Poder de decisión y
- ✓ Fuerza de voluntad

Tres fortalezas que me hicieron recapitular en mi vida y "darme cuenta" que son necesarias las tres para alcanzar cualquier sueño personal. Gracias a su gran sabiduría hoy reconozco que por lo general he puesto en práctica una o dos de ellas, y muchos de mis sueños han quedado inconclusos por ese ingrediente adicional y fundamental que no he puesto en práctica para alcanzarlos.

Tuve la fortuna por estar por esta ocasión unos 20 minutos ante su excepcional presencia. Una taza de café que ha quedado como legado para el resto de mis días.

"No debemos permitir que alguien se aleje de nuestra presencia sin sentirse mejor y más feliz"

Madre Teresa de Calcuta

Una taza de café con...

Napoleón

La cita la concertamos en un café ubicado en Place du Trocadéro a unos cuantos pasos del río Sena y teniendo como fondo una magnífica vista de la Torre Eiffel, emblema de la Ciudad Luz.

Debo confesar que para mí, resultaba de gran nerviosismo estar frente a un personaje tan fascinante que con sus triunfos militares, alcanzó reconocimiento y posteridad en la historia universal de la humanidad.

Faltando unos cinco minutos para la hora programada, alcancé a divisar una figura que se acercaba al café pero que, por su estatura media alta, inmediatamente determiné que no se trataba del genio militar que esperaba, ya que de acuerdo a su biografía, él era una persona baja de estatura, pero cuál va siendo mi sorpresa que sí era el gran Napoleón Bonaparte, un hombre de aproximadamente 1.68 de estatura.

Inmediatamente lo saludé y me presenté y él, amablemente me regresó el saludo y me invitó a sentarme, al tiempo que pidió un té de manzanilla.

Fue él quien inició nuestro dialogo al preguntarme, porqué al solicitar la reunión, le comenté que mi intención no era platicar de las grandes hazañas militares de su vida, sino de aspectos que tenían que ver más con su personalidad, con su forma de ser para con las personas cercanas como su familia y con sus tropas que, eran sus dos grandes mundos relacionales.

No se me hizo raro que un líder como él lo fue, haya tomado la iniciativa en esta entrevista y sea él quien me está preguntando y entrevistando.

Mi respuesta fue que, el objetivo que me tracé con estas citas de café, era ir más allá del personaje y acercarnos más a la persona, a su forma de ser y, en todo caso al legado en cuanto a superación personal que han dejado a la humanidad, a lo cual respondió efusivamente que le gustaba que nos interesemos por otra faceta de su vida y se declaró listo para iniciar la entrevista.

General, me confieso ante usted, ya que uno de los aspectos que han pasado a la historia, es que usted era de una estatura más bien baja, sin embargo hoy compruebo que no es así ya que tiene una estatura normal para la época en que usted alcanzo su máximo esplendor. Incluso en muchas de las imágenes que hoy tenemos de usted al frente de su ejército, prácticamente toda la tropa es de mayor estatura que la suya.

Después de escuchar atentamente este primer comentario de mi parte, me dijo que siempre había tenido como política que un requisito para formar parte de su ejército fue que quienes formaran parte de él, debían tener una estatura mínima de 1.70 m., razón por la que él siempre se ve más bajito que los elementos de su tropa.

Y esto, prosiguió, lo hice porque como bien dices, la estatura promedio en aquella época, apenas llegaba al 1.70

m, por lo que al ser de una estatura mayor, de entrada, ellos se verían y se sentirían superiores al enemigo.

De hecho, General, se sabe que usted tenía muy buena relación con su ejército, que siempre procuró construir un excelente ambiente entre sus soldados.

En efecto, me comentó, precisamente esta buena relación que siempre procuré entre ellos, me valió el apodo del "pequeño cabo", por un lado por mi estatura respecto a la de ellos, y por otro lado porque debido al trato que les daba, me consideraban parte de ellos; si respetando mi autoridad, pero con la confianza necesaria para convivir con ellos en forma frecuente.

General, además de frecuentar y convivir con todos los niveles de su ejército, ¿cómo motivaba a sus tropas?

Mira, me contestó, cada una de las acciones de todas las personas, se realizan por tres únicas razones: por amor, por honor y por patrimonio.

Los soldados actuaban por amor a Francia, por honor personal y por el patrimonio familiar, tres motivadores tan poderosos, que mantienen en estado de ebullición el volcán interno que cada uno tenemos en nuestro interior.

¿El volcán interior?, pregunté asombrado.

Sí, el volcán interior. Este término lo aprendí de uno de mis maestros que en cierta ocasión refiriéndose a mi persona, le expresó al director del colegio que yo estaba hecho de granito, pero con un volcán en mi interior. Este comentario prevaleció en mi vida y cuando comprendí que mis tres mayores motivadores eran el amor, el honor y el patrimonio, en cada uno de ellos siempre mantuve prendido ese gran volcán interno que aquel profesor descubrió en mí.

Y para usted, ¿qué significa mantener prendido el volcán interno?, pregunté emocionado por el rumbo que estaba tomando nuestra conversación.

Son varios factores los que puse en práctica en mi persona y que transmití a mi ejército: en primer lugar lealtad a mi país, a mi ejército y a mí mismo. Mantener voluntad de hierro, es decir, poner en práctica decisión, disposición, propósito, determinación, tenacidad, firmeza, constancia y perseverancia. Y por último fuerza moral, es decir, reducir las resistencias que surgen en nuestro interior y actuar conforme a nuestra ética personal.

General, ¿qué consejo nos daría a la actual humanidad para alcanzar nuestras propias victorias?

Si ya sabemos que los motivadores más potentes son el amor, el honor y el patrimonio, en cada uno de estos, actuar con Vibración Vital hacia la Victoria. Es decir, poner todo tu empeño en todo aquello que te propongas, hasta lograr tu meta, tu objetivo, tu victoria personal:

- ✓ Si deseas ser una mejor persona, actúa con amor, honor y patrimonio.
- ✓ Si desean una mejor familia, actúa con amor, honor y patrimonio.
- ✓ Si deseas una mejor sociedad, actúa con amor, honor y patrimonio.

- ✓ Si deseas un mejor país, actúa con amor, honor y patrimonio.
- ✓ Si deseas inspirar a otros, actúa con amor, honor y patrimonio.

General, se sabe que usted nunca pospuso ninguna de sus batallas, ¿qué fue lo que lo impulsó para siempre afrontarlas? AMOR, HONOR Y PATRIMONIO.

Una última pregunta General, ¿para usted qué significan estas tres palabras?

Sin pensarlo, inmediatamente me contestó:

- Amor es igual al valor que te das a ti mismo.
- Honor es igual al valor que le das a tu reputación, a tu palabra.
- Patrimonio es igual al legado que pretendes dejar como persona.

Dicho lo anterior, dio el último sorbo a su taza de té, y al levantarse se despidió amablemente viéndolo retirarse con ese aire que sólo transmiten las personas que están completamente satisfechas con lo que han hecho en su vida.

Una taza de café con...

Sor Juana Inés de la Cruz

No me resultó sorpresiva su petición para que nuestra cita se realizara en el Claustro que lleva su nombre ubicado en céntrica avenida de la capital mexicana, situación a la que accedí de inmediato, ya que consideré que en este lugar, ella se siente como en casa.

Llegó el día de la cita y puntualmente me presenté en la cafetería del lugar indicado por ella.

A los pocos minutos llegó ella, sí la gran Sor Juana Inés de la Cruz, caminando con un gran porte que la retrataba como un personaje enigmático a la vez de elegante y con un don superior.

Gentilmente me saludo y me agradeció el haber accedido a realizar la entrevista en este mágico lugar que le rinde homenaje a su vida, una vida llena de galardones y reconocimiento, pero sobre todo de gran entrega al estudio y al conocimiento.

"Yo no estudio para saber más, sino para ignorar menos", fue lo primero que le pregunté, ¿por qué dijo esta frase, el estudio no implica saber más?

También implica ignorar menos, me contestó con su melancólica voz. Esto me llevó a tener un ferviente deseo de aprender y al mismo tiempo de aprehender, por ello, a los tres años ya sabía leer, y a los siete no deseaba otra cosa más que ir a la universidad.

Si lo sé, le contesté, también sé que a los ocho años escribió su primera loa para Corpus y que además escribía textos por encargo. Son de sobra conocidos todos sus logros en la literatura y las artes, logros que la llevaron a trascender hasta nuestros días como un referente no solo en esos campos, sino también en su inquebrantable motivación por el derecho que deben tener todas las mujeres para acceder a la intelectualidad, situación que, por cierto, pasados los años se ha cumplido a medias, y hoy la gran mayoría de las damas del mundo tienen acceso a esta circunstancia. Desafortunadamente aún existe resistencia varonil, pero se ha avanzado.

"Todas las desgracias del mundo provienen del olvido y del desprecio que hasta hoy se ha hecho de los derechos naturales e imprescindibles de ser mujer", me contestó.

Tiene toda la razón, pero en realidad lo que deseo saber de usted, le dije, es que esta fascinación por aprender, la llevó a crear una obstinación, y un pasaje de su vida que es poco conocido, es que hoy sabemos que debido a esta fascinación, usted llegaba a cortarse el cabello y no dejarlo crecer, hasta que no hubiera aprendido lo que se había propuesto.

¿Por qué lo hacía?

¿Qué lograba con esto?

Desde muy pequeña recibí de mi madre, una afirmación que prevaleció en mi por toda mi vida, ella siempre me decía: "cuando te propongas algo, no lo sueltes hasta que lo logres".

Por ello, para lograr lo que mi corazón me reclamaba vehementemente, establecí formas que me obligaran a terminar lo que empezaba, y una de ellas fue cortarme el cabello, que era uno de mis mayores tesoros, y permitía que me volviera a crecer, hasta que hubiera concluido con aquello que me había propuesto.

Sé, prosiguió, que en la actualidad a este método que, por cierto, no es de mi autoría, la han llamado "el método auto-coercitivo", y estoy totalmente de desacuerdo con tal denominación, ya que no se trata de llevarlo a un límite extremo de autoinmolación o auto-sacrificio, ¡por supuesto que no!

Los límites que establezcamos en cualquier área de nuestra vida deben tener los siguientes elementos: ser formativos, ser funcionales, ser factibles, ser favorables y ser fecundos. Como ves, los límites persiguen el objetivo de hacer un esfuerzo pero sin sufrimiento, tal vez de renunciar pero sin padecerlo. Por ello no estoy de acuerdo con el término coercitivo; en su lugar prefiero llamarlo en todo caso, "el método auto-comprometido", y así como existe este método, también existe el método de auto-abandono que es lo contrario.

Con gran interés por lo que me comentaba, le pedí que me explicara estos dos métodos:

El método de auto-abandono es cuando nos auto-decretamos y auto-afirmamos con pereza, desgano, desinterés, desidia, apatía, del dejar para después. Como puedes ver, prosiguió, implica el dejarnos para al rato, es decir, es abandonarnos y lo peor es que podemos caer en un pozo sin fondo, es decir, sin límites.

En cambio el método auto-comprometido lleva en sus entrañas la persistencia y la tenacidad, pero principalmente un nivel de auto-compromiso muy fuerte y una exigencia personal de cumplirse a uno mismo y con ello, afirmarás tu voluntad.

Y un último elemento, pero no por ello menos importante, que forma parte del método auto-comprometido es el establecimiento de fecha de inicio de tu proyecto, pero también la fecha de finalización del mismo.

Sé que como personas podemos "flaquear" en nuestra voluntad, entonces es cuando debemos activar nuestra disciplina y precisamente para recordárnosla está el establecer acciones como en mi caso el cortarme el cabello y no dejar crecerlo hasta que hubiera cumplido con la fecha establecida por mí misma para finalizarlo.

Declaro que absorto en sus palabras, a mí me dejó sin ellas, y Sor Juana Inés de la Cruz dándose cuenta de esta situación, me lanzó la siguiente pregunta;

¿A qué privación estarías dispuesto con tal de cumplir con los compromisos que te haces a ti mismo?

Recuerda que compromiso implica lo que te prometes, remató para dejarme aún en mi asombro al no saber que responder.

Y como si todo lo anterior fuera poco, al despedirse de mí, me dejó esta frase:

"El saber consiste en elegir lo más sano"

Dicho esto se retiró y me dejó pensando por un rato hasta que logré reaccionar e irme cavilando en aquello de lo que me privaré, como método para alcanzar mi siguiente sueño.

Una taza
de café
con...
Tesla

La cita estaba concertada por fin, después de varias solicitudes verbales y por escrito, y que como única respuesta solo recibía un: "- ¿y para qué a mí?, por allá hay otros que desean ser entrevistados -"

Desconocía si mi insistencia, mis motivos expresados a través de mis cartas o simplemente porque se cansó de mis solicitudes de entrevista en una plática de café. Lo importante es que accedió a reunirnos por primera vez, aunque puso como condición, el que fuera en una cafetería alejada de la gente y del ruido, situación que por supuesto accedí de inmediato.

Llegó el día esperado y haciendo gala de su puntualidad, Nikola Tesla arribó al lugar previamente acordado, el cuál por supuesto no revelaré, respetando su decisión de confidencialidad. Sólo puedo decir que se llevó a cabo en una ciudad de Croacia, su país natal.

Impecablemente vestido con un traje color negro, hecho éste que en cierta manera lo caracterizó en su vida, amablemente me saludó y acto seguido me hizo saber de su curiosidad acerca de los motivos que me empujaron a platicar con él, ya que en su opinión, estos eran muy diferentes a los que con mucha frecuencia le expresaban y que, principalmente iban enfocados a tres aspectos de su vida: el primero, su muy conocido y comentado disgusto con Tomás Alba Edison por la disputa de los derechos de invención de la bombilla eléctrica, universalmente atribuidos a Edison. El segundo, su capacidad sensorial o sinestésica para crear mapas, planos y diagramas sin plasmarlos en papel, sino todo a través de la utilización de su hemisferio cerebral derecho. Y la tercera, por su "desinterés" en exigir se le reconocieran el sinnúmero de inventos que realizó, como ejemplo de ello, la radio, la citada bombilla eléctrica, el control remoto, los rayos X, entre muchos otros que, no le fueron reconocidos, sino hasta después de mucho tiempo y con poca difusión de ello.

Su curiosidad, y así me lo expresó, era el porqué estaba yo interesado en aspectos de su personalidad y cómo éstos los podríamos modelar las personas en la vida actual.

Ante ello, en forma inmediata comencé por indicarle que hacía mucho tiempo había escuchado su siguiente declaración: "SI QUIERES ENTENDER EL UNIVERSO, PIENSA EN ENERGÍA, FRECUENCIA Y VIBRACIÓN", y le dije que esta frase me hizo sacar una conclusión; en un diplomado de Aplicación Mental que cursé, aprendí un principio universal: "COMO ES ARRIBA, ES ABAJO".

Al relacionar su frase con este principio, concluí que de alguna forma esa ENERGÍA, FRECUENCIA Y VIBRACIÓN que él declaraba, también se relacionaban con las personas, es decir, el sentenciar "COMO ES EL UNIVERSO, SOMOS LAS PERSONAS", y mi interés era el saber cómo aplicar estos tres factores a la vida diaria de una persona.

Nikola Tesla escuchó atentamente mi explicación y me dijo: -"uno de los más grandes dones que la vida nos ha dado a las personas, es la creatividad, y ésta consiste en conectar las cosas, y en efecto, la energía, la frecuencia y la vibración del universo, es proporcional en cada uno de nosotros como seres vivientes, pero las utilizamos y las llamamos con otros nombres; verás:

- La ENERGÍA a nivel personal la llamamos VITALIDAD, y es aquella pasión, entusiasmo y vigor con el que emprendemos cualquier circunstancia de vida. Es esa capacidad humana para producir, ¿producir qué?, producir bienestar, contento, felicidad y plenitud. Desafortunadamente también la utilizamos para producir conductas equivocadas, pero de ahí parte nuestra capacidad para generar ideas de cambio personal y poner en práctica nuestra VITALIDAD en nuestro beneficio y de nuestro entorno.
- La FRECUENCIA a nivel personal la llamamos PERSISTENCIA, y es aquella repetición en mayor o menor grado de un acto o un hecho. Es darnos cuenta de la cantidad de veces que repetimos consciente o inconscientemente un pensamiento, una palabra, un decreto, una conducta, una creencia. Todo en la vida, tanto a nivel del universo como a nivel personal, se realiza y/o materializa a través de procesos, pero en las más de las veces, abortamos nuestros procesos, queremos bienestar en nuestra vida, pero no

tenemos la suficiente persistencia para transitar el proceso. En la actualidad he escuchado decir que no están dispuestos a pagar el precio, quieren que todo sea inmediato, instantáneo, y ¡no!, ¡así no es! Para ser felices debemos poner en práctica la felicidad y ello es un proceso de repeticiones diarias. La PERSISTENCIA se trata de repetir y repetir y repetir y volver a repetir con un objetivo en mente y con el convencimiento de que es posible realizarlo.

Y, por último:

- La VIBRACIÓN a nivel personal, la llamamos SENSACIONES, y son aquellas corrientes de gusto o disgusto que surgen en el interior de las personas por un pensamiento, un deseo, una palabra o un acontecimiento que experimentan. Lo que me he percatado es que las personas no ponen atención a esas SENSACIONES internas, y simplemente dicen: "me siento bien" o "me siento mal", pero no averiguamos su ubicación, su mensaje, su reflejo en nuestro organismo, y por lo tanto no les podemos dar un nombre. Cuando se logran trabajar las SENSACIONES acompañadas de nuestros sentidos, es entonces cuando nos entendemos, nos comprendemos y dejamos de quejarnos por "lo que nos pasa" y nos enfocamos en el "¿para qué me pasa?", es cuando nos situamos en nuestro universo personal y de ahí tenemos la posibilidad de emprender los cambios necesarios para nuestra mejora personal.

Absorto en su explicación, no me di cuenta del transcurso del tiempo al lado de este gran ser humano, y para concluir le pedí que me dijera por qué no luchó con toda su VITALIDAD, PERSISTENCIA Y VIBRACIÓN por el reconocimiento de sus inventos, y un poco sonrojado me dijo: "En realidad nunca me preocupé que hayan robado mis ideas, me preocupaba más bien, que ellos no tuvieran ideas".

Acto seguido, se puso de pie y al tiempo de despedirse, alcanzó a decirme: "La sociedad solo tolera un cambio a la vez. La primera vez que cambié al mundo, me aclamaron como visionario; la segunda vez me pidieron gentilmente que me jubilara", y para rematar y por si todo lo anterior hubiera sido poco, Nikola Tesla me lanzó la siguiente pregunta: "¿Y tú, ya te jubilaste de la vida?"

Notando el estado de duda en el que entré con esta pregunta, se incorporó y gentilmente se despidió de mí y, con paso firme y decidido se alejó y perdió entre las personas que caminaban por la calle en que nos encontrábamos.

Una taza
de café
con...
Juana de Arco

La cita se concertó a las 5 de la tarde en el Café L'Eden que se ubica enfrente de la iglesia Saint Remy, en la ciudad de Domremy, localidad francesa en la que ella nació y a la cuál siempre quiso regresar.

Confieso que mi nervio que, me dicen es natural, en esta ocasión se multiplicó ya que me resultaba muy interesante conocer a esta enigmática dama, de cuál había aprendido en mis clases de historia universal era una heroína francesa, muy singular para su época, lo que le atrajo simpatizantes que la glorificaban, pero también detractores que minimizaban sus logros militares.

Ensimismado aún en mis confusos pensamientos, de repente como si el viento atrajera mi mirada y mi atención, la vi acercarse con un gesto firme, mirada alta y caminar decidido. Una mujer muy joven, tal vez 19 o 20 años cuando más y aún con un sello muy característico en ella, su muy conocido corte de cabello corto que la caracterizó, de acuerdo a las imágenes que de ella tenemos, en sus fragorosas batallas en las que, portando su inseparable estandarte, guio a las tropas francesas a la victoria sobre el ejército inglés en la llamada "Guerra de los Cien Años".

Muy respetuosamente me saludó al tiempo de agradecerme la oportunidad de esta cita, a lo que respondí mi agradecimiento por permitirme a través de esta entrevista, ir un poco más allá de lo que hasta ahora conocemos de su corta, pero fructífera vida.

Sin más, me pidió que iniciáramos, al tiempo de solicitar una botella con agua.

Mi primer comentario y pregunta fue que al estudiar su biografía, me encontré con una frase atribuida a ella que dice:

"Mil voces me dicen: no temas, responde con atrevimiento"

¿Esas mil voces a qué las atribuye?, le pregunté.

Yo tenía trece años, me respondió, cuando escuché la voz de Dios, y a partir de ese momento, Su voz fue incesante y continua. Me decía qué hacer, cómo hacerlo, en qué momento realizarlo, a quién le tenía que transmitir sus mensajes.

En un principio no quise decir nada, ya que mucho me temía no me creyeran, es más que me consideraran loca, sin embargo los mensajes eran tan claros y contundentes que decidí darlos a conocer.

Tenía razón, muchos me menospreciaron y otros consideraron que estaba mal de la cabeza, sin embargo decidí hacer caso a esos mensajes que se agolpaban en mi cabeza, tuve fe en que "eso" que me dictaba en mi interior tenía una razón de ser.

En aquella época, las mujeres teníamos el "grandioso" papel de ser amas de casa, de dedicarnos a nuestro hogar, a la familia. Prácticamente no teníamos voz, salvo que ésta fuera dentro de nuestro hogar. De hecho, yo fui analfabeta, porque nací en la campiña francesa y sólo se nos enseñaba a hablar lo elemental para subsistir.

Mi condición de mujer y además iletrada, y por si esto fuera poco tratando de dar a conocer los mensajes que Dios me transmitía, con todo ello, reunía todas las condiciones para que los "señores" de la época me consideraran como una mujer "no conveniente" por todo lo que representaba. Recuerdo muy bien que en esos tiempos se consideraba que solo los hombres eran valientes, heroicos y leales.

¿Será por ello, la interrumpí, que decidió cortarse el cabello con un estilo más bien varonil?

En efecto, quise pasar como un "hombre" para no ser descalificada y se me permitiera llevar a cabo todo lo que Dios me dictaba.

A propósito de esos mensajes que usted recibía, cuestioné, ¿cree usted que realmente venían de Dios o habrá sido su propio diálogo interno el que le decía lo que tenía destinado hacer por su patria?

Después de un momento de silencio y viéndome fijamente a los ojos me preguntó, ¿usted es creyente?, - sí -, contesté. Entonces dígame usted, ¿de dónde cree que nace esa gran capacidad que tenemos las personas para hacer contacto con nuestro diálogo interno? Si estamos hechos a imagen y semejanza de Dios, ¿cree usted que el diálogo interno sea la forma en que Él se comunica con nosotros?

Para mí, me dijo, el diálogo interno es la comunión o intimidad con la que conectamos con nuestra sabiduría, y esa sabiduría es co-creada con Dios, con La Fuente,

La Vida o como usted desee llamarla, pero eso sí, es una capacidad que viene de lo más interno y espiritual y para mí, todo ello representa a Dios.

Me queda claro, me dijo, que las personas de hoy le han dado nombres diferentes a todo aquello que tiene que ver con Dios y es algo que no entiendo, pero considero que es parte de lo que ustedes llaman "actualidad" y, para estar "actualizada", a los mensajes que yo recibí de Dios les voy a nombrar "dialogo interno" como tú le llamas, ¿te parece?, por supuesto, fue mi respuesta.

Mira, me dijo, el diálogo interno es la voz interna con la que nos conectamos con nuestra sabiduría espiritual. Ese dialogo interno puede ser nuestro mejor aliado o nuestro peor enemigo que, nos puede llevar a una vida de posibilidad o a una vida de bloqueo. Yo decidí que el dialogo interno fuera mi mejor aliado, compañero y guía.

Tal vez es la voz de nuestros pensamientos, instintos y deseos y todo ello viene de la inteligencia de la cual, todos fuimos dotados.

¿Usted con quién ha hablado la mayor parte de su vida?, pregunté: con Dios; con mi diálogo interno. Esta plática es una conversación constante, mental y/o verbal que me acompaña cada día. Es tan importante, contestó, que con ella me escucharé y sabré lo que quiero, y con esto entonces estaré en la posibilidad de construir estados creativos y visionarios acerca de mi visión en la vida.

Juana, le inquirí, realmente me ha dado usted una gran lección acerca de la importancia de atender a nuestra intuición, por cierto, otro de los nombres que también le damos a Dios. Por lo general nos enfocamos en nuestra parte racional y dejamos de lado esta otra parte espiritual que como bien dice, lo podemos ver también como un mensaje que recibimos para guiarnos a través de nuestra vida.

¿Qué nos sugiere para potenciar esta voz interna que nos llama?

Simplemente escucharte con atención y atender tus mensajes que te guiarán hacia lo que realmente deseas ser y hacer en tu vida.

Dicho lo anterior, y antes de levantarse y despedirse, me dejó el siguiente reto:

"Todo es posible en la medida que lo crea posible"

La vi alejarse en dirección de la Iglesia Saint Remy, confirmando así su fe religiosa y su inquebrantable creencia de los mensajes que recibió de Dios, dejando en mí, una auto reflexión acerca de lo poco que atendemos a nuestro dialogo interno a pesar de estar permanentemente en contacto con él.

Una taza
de café
con...
Voltaire

Respetuoso del compromiso concertado días antes para compartir un café matutino, Francois-Marie Arouet, mejor conocido como VOLTAIRE, llegó puntualmente a nuestra cita concertada en un restaurante del afamado barrio bohemio de Montmartre, o Barrio de los Pintores como también se le conoce, situado en una colina desde la cual se tiene una de las vistas panorámicas más espectaculares de Paris.

Una vez que nos reconocimos y saludamos, procedimos a ocupar una mesa en la Place du Tertre desde donde podíamos ver a varios de los artistas callejeros que pintan escenarios de la ciudad o caricaturas de los turistas que deambulan por el sitio.

Para abrir conversación, le comenté que desde hace algunos años, lo he considerado como una persona a la que admiro por su tesis filosófica la cual, ha sido algo que ha llamado poderosamente mi atención.

Uno de los motivos por los cuáles me interesó entrevistarme con él, es para preguntarle acerca de su conocida capacidad de tolerancia, capacidad que no solo puso en práctica en su persona, sino también en todas sus relaciones interpersonales.

Caballeroso como siempre se ha caracterizado, y al tiempo de su primer sorbo al café, me compartió que desde muy joven se inclinó por el respeto a la razón humana, hecho que lo llevó a la postre a respetar las razones y opiniones que cada persona tiene y expresa, reconociendo ese poder que cada persona tenemos a nuestra disposición, pero que no siempre utilizamos evitando expresar nuestra opinión, tal vez en algunas ocasiones porque no deseamos contradecir a nuestros cercanos, otras veces por no meternos en problemas o simplemente porque no sabemos cómo expresar nuestro sentir.

Al preguntarle acerca del cómo había desarrollado esa capacidad que lo había llevado a ser una persona tolerante, me miró a los ojos y me contestó que para ello era necesario en todas las relaciones establecer un "pacto de convivencia común", en dónde el instinto, la razón y el sentir de cada persona, lo llevarían no sólo a respetar, sino además a promover y preservar ese pacto común con el objetivo de formar una convivencia fructífera. Para ello, me dijo, resulta necesario hacer consciencia que cada persona debe tomar su destino entre sus mano y de ahí partir a mejorarse como personas en convivencia.

Maestro, le dije, ¿pero cómo voy a desarrollar mi tolerancia si hoy por hoy existen personas con las que no me es posible iniciar siquiera un dialogo?

Después de un breve silencio que se me hizo eterno y con un tono de voz que resonó en mi interior, me dijo: -"NO COMPARTO LO QUE DICES, PERO DEFENDERÉ HASTA LA MUERTE TU DERECHO A DECIRLO"-, y para rematar dijo: Todas las personas somos capaces de determinar lo que es útil y lo que es inútil en nuestra vida, sin embargo tú no puedes ni debes coartar el derecho que toda persona tiene para expresar su sentir a pesar de que no estés de acuerdo con ello.

Dicho esto, Voltaire dio el último sorbo a su café y al tiempo de despedirse dijo: me retiro porque voy a dar mi caminata matutina, ya que he decidido hacer lo que me gusta porque es bueno para la salud.

Lo vi alejarse caminando firmemente por entre las personas que paseaban por Place du Tertre, dejándome pensativo acerca del derecho que tenemos todos para expresar nuestro sentir y al mismo tiempo respetando ese mismo derecho en los otros, recordando incluso que, a nivel universal se estableció el Día Mundial de la Libre Expresión del Pensamiento. Sin duda, un gran aprendizaje que me dejó este mi gran maestro Voltaire en esta cita de café.

Una taza
de café
con...
Anaïs Nin

Debo reconocer que una de las primeras cosas por las que llamó poderosamente mi atención, fue esa personalidad enigmática, libre y dispuesta a contradecir los condicionamientos y límites que la sociedad había establecido acerca del comportamiento humano y más tratándose del femenino. Sin embargo, al conocer algunas de las historias de su vida, aún me interesó más esa faceta de su personalidad que la llevó a sanar muchas de las heridas emocionales que había sufrido desde muy pequeña.

Anaís Nin, nacida en Francia pero avecindada en los Estados Unidos desde los once años de edad. La cita se había establecido con antelación en Central Park en la cosmopolita Nueva York, por muchos años su ciudad de residencia.

En cierto modo, ella rehuía todo aquello que implicara revivir aspectos que ella consideraba negativos en su vida. Le gustó eso sí, escribirlos, pero no le era para nada atractivo el platicar esas experiencias de vida.

El día de la cita arribó a la hora establecida, elegantemente vestida con traje sastre y, debo confesarlo, con un aire de confianza y seguridad personal que la demostraba con un atractivo especial que resaltaba su personalidad, imposible sustraerse a ello.

Seguro estoy que notó mi nerviosismo, sin embargo amablemente me saludó y agradeció el que me interesara de aspectos personales diferentes a los que habían trascendido públicamente de su vida.

Después de comprar nuestros cafés en un carrito instalado en una de las aceras de este maravilloso lugar de descanso, paseo y reflexión, caminamos hacia una banca y nos sentamos cómodamente, le agradecí su tiempo, pero sobre todo el permitir entrar un poco más allá de su vida pública como pionera de la liberación de la mujer y por sus escritos de la libertad erótica, para interiorizar en aspectos que, en lo personal, yo consideraba como iniciadores de una terapia emocional de la cuál en la actualidad estoy totalmente convencido, la escritura a través de sus diarios personales que, a la postre, le dieron fama internacional al ser publicados.

¿Por qué escribir diarios?, fue mi primera pregunta, y ella llevando su vista al área en la que las personas entramos a dialogar con nosotros mismos, me dijo: -"creo que uno escribe, porque uno tiene que crear un mundo en el que pueda vivir"-

Empecé a escribir en mis diarios a los once años de edad; mi primer diario fue dirigido a mi padre, específicamente al abandono que la familia sufrió de él. Hoy veo que fue una necesidad, como una llave que abrí para "sacar" todas las emociones que traía dentro de mí. Me di cuenta que era bueno escribir porque al escribir, sacaba lo que no podía decir. "Llegó el momento en que el riesgo de permanecer apretada en el capullo de la flor, era más doloroso que el riesgo de florecer".

Absorto en su expresar, le pregunté: ¿este primer diario fue el primero de muchos con el que "sacaste" esas emociones?, ¡sí!, me contestó, me di cuenta que esta válvula de escape me servía en forma ambivalente, es decir, cuando se trataba de mis experiencias negativas "sacaba" esas emociones que de otra forma hubieran permanecido dentro de mí, reprimidas, estancadas y volviéndose añejas en mi interior. El peligro de esto era, ¿qué pasaría dentro de mí con esas emociones negativas, se diluirían, me enfermarían, quedarían estancadas sin hacerme daño? Al escribir me di cuenta que era una forma de "gritarlas", de expulsaras de mis cuerpo, de mis células, simplemente de liberarlas de mí. "hay muchas formas de ser libre, una de ellas, es trascender la realidad y las experiencias a través de escribirlas, no viendo las cosas como son, sino como yo las veía".

Por otro lado, el escribir acerca de mis experiencias y emociones positivas, llegué a la conclusión que al escribir éstas, las saboreamos dos veces; en el momento de escribirlas y en retrospectiva. Si a ello le agregamos el momento de la experiencia real, entonces estamos en condiciones de saborearlas tres veces, y ello es invaluable para una condición emocional sana.

Convencido de todo lo que me estaba expresando, me atreví a recordar lo que Franz Kafka dijo acerca de escribir en un diario personal: "me sirve para reconciliarme conmigo mismo, ya que al ir hacia atrás puedo ver cómo era y comparar cómo soy hoy, pero más importante aún, el reconocer mi valentía para escribir lo que escribí".

Anaís me escuchó atentamente y tras unos segundos de silencio me dijo: "el capturar a través de la escritura esos momentos de mi vida, en los que expresaba mis estados de ánimo, mi impulsividad y lo que sentía con más fuerza dentro de mí, me daba libertad de selección; seleccionar qué hacer conmigo misma a partir de ese momento, reprimir mis emociones y mis sueños o liberarlos y lanzarlos al espacio como una cometa y que no sabes lo que te devolverán: una nueva vida, un nuevo amigo, un nuevo amor, un nuevo país".

Tú sabes, me dijo, que en mi vida transitaron amantes, a ellos y a mi padre, siempre intenté hacerlos a mi modo, a mi manera, a mi forma de ser, en una palabra los intenté "salvar" de acuerdo a cómo veía yo las cosas, y prosiguió, "somos como escultores constantemente tallando en los demás, imágenes que anhelamos, necesitamos o deseamos. A menudo en contra de la realidad, ¡su realidad!, contra su beneficio al no aceptarlos como son; y siempre al final, un desengaño porque lo que tallamos, no se ajusta a ellos. A las personas no las puedes salvar, solo las puedes amar"

¿Tenías idea que tus diarios trascenderían y serían inicio y referente de lo que hoy se conoce como "terapia a través de la escritura"?, le pregunté. -Nunca lo hice para inspirar a otros, lo hice para "sacar" mis pensamientos, mis emociones, mis odios, mis temores, mis relaciones conmigo misma y con otros – contestó decididamente.

Anaís, por último, siendo ahora consciente de la trascendencia y de la repercusión de tu trabajo personal a través de la escritura de tus diarios, ¿qué beneficios crees haber obtenido con ello? Sin vacilar, inmediatamente me contestó: - Me di cuenta que la escritura de nuestras historias de vida, es terapéutica, y en lo personal ahora sé que me benefició en crear un hilo conductor de las historias de mis vida, puso en orden mis pensamientos, gestionó de manera efectiva mis emociones al fluirlas, ya que con ello, liberé energía negativa, escribir preguntas que en ese momento no tenían respuestas y, al paso de los años y releerlas, muchas ya habían sido contestadas. Me sirvió para lo que he bautizado como el "D-A-R ACTIVO", es decir, para Desahogarme – Abrirme y Reconciliarme conmigo misma.

Confieso que Anaís Nin me dejó sin habla después de su reflexión, y como si esto fuera poco, me preguntó: -¿Y tú, escribes las historias de tu vida en tu diario? -. Entre nervios y confuso, contesté: ¡no!

Gentilmente me respondió: - Al decidirte a escribir tus historias de vida en tu diario, éste encerrará momento memorables, experiencias que soltar, ideas por materializar, agradecimientos que brindar, ansias por calmar, confusiones que plasmar, sentimientos que respirar y preguntas por contestar, ¡Dedícale tiempo! ¿Cuánto tiempo?, pregunté, - "El que te necesite" -, sentenció.

Acto seguido agradeció nuestro encuentro y se despidió amablemente, insistiendo "escribe y deja volar tus pesares y tus sueños".

La miré retirarse hacia la 86th Street Transverse y perderse entre la multitud que en ese momento caminaba y/o corría en este extenso parque que invita, entre otras cosas, a la reflexión.

Una taza
de café
con...
Mozart

Casa Hagenauer, en el número 9 de la calle Getreidegasse, lugar en el que éste célebre compositor nació y vivió en la ciudad de Salzburgo, Austria. Fue el lugar elegido por él mismo para realizar la entrevista, así que con anticipación llegué, ya que sabía que en este sitio se asentaba un museo dedicado a la memoria de este gran personaje, y deseaba conocer cómo era el lugar en el que él había pasado gran parte de su vida.

Una vez realizado el recorrido por el museo en dónde se exhibe gran parte de su legado, por ejemplo, algunas partituras de las más de seiscientas obras que se asegura compuso a lo largo de su vida, me dirigí al tercer piso en el horario previamente establecido y, pasados algunos minutos, su inconfundible figura se hizo presente, abundante, densa, entrecana y espesa cabellera, de corporalidad delgada, corta estatura y un semblante grato, agradable y amable, de esas presencias que impactan gratamente desde un principio.

Me saludó educada y gentilmente y me dio la bienvenida a su casa natal, a la que, me dijo, regresó para su vivir su inmortalidad.

Una vez sentados al lado de una mesita redonda, inmediatamente uno de sus auxiliares le acercó su café en taza y le entregó una pipa, previamente preparada con el tabaco que a él le gustaba, al tiempo que a me ofrecían igualmente café en una taza de porcelana.

Procurando aprovechar al máximo la oportunidad de este encuentro, inicié comentándole que su vida ha sido reseñada por muchos de sus biógrafos, en la que han expresado su gran talento que evidenció desde muy pequeño, ya que se sabe que a los cinco años ya realizaba sus propias composiciones, sus frecuentes viajes acompañado de su padre, por todas las cortes reales de Europa, en dónde se presentaba para beneplácito de los reyes y sus familias y, en cierta forma, con sorpresa por ver el gran talento de ese niño prodigioso ya a su corta edad.

Él me escuchaba atentamente, por lo que proseguí indicándole que me interesaba conocer un poco más allá de su vida pública y de su gran talento musical por todos conocidos. Esos otros aspectos de su personalidad que, en conjunto, ayudaban para la gran personalidad que fue en vida y que ha trascendido hasta nuestros días. Tal vez esa parte de su forma de ser que no se notaba en los escenarios, todo aquello que estaba fuera del alcance de la luces y que en su corta vida había realizado.

Él, un poco extrañado y dando una gran fumada a su pipa, me dijo que le resultaba curioso mi interés por conocer otros aspectos de su personalidad, aspectos que él consideraba comunes en otros, por ejemplo, su estructurada rutina diaria, es decir, el tener previamente establecidas sus actividades diarias: "nadie puede medir sus propios días", pero sí podemos programar el cómo activaremos nuestros días. O, por ejemplo, el tener la creencia que se puede y se debe alcanzar la perfección en todo lo que hagas; aquí me permití interrumpirlo y le pregunté: - ¿a pesar de que la búsqueda de ese perfeccionismo nos lleve a sufrir ansiedad y sufrimiento? -, aspectos que han sido reseñados por algunos de sus biógrafos, a lo que el maestro me contestó mirándome a los ojos: - en la actualidad gran parte de la humanidad sufre estos dos aspectos a los que te refieres, ¿o no? -. Después de un momento de silencio de mi parte contesté que en efecto, la mayor parte de las personas de hoy estamos estresados con la vida que llevamos. Él hizo una pausa de silencio que se me hizo eterna y me reviró con: - ¿a qué te refieres con esa palabra de "estresados"? Titubeando y con cierta culpa al utilizar una palabra "moderna", me disculpé y le expliqué que en el mundo actual se le llama "estrés" al estado en el que entramos las personas al estar muy presionados, tanto física como mentalmente, lo que nos provoca ataques de ansiedad y por consecuencia sufrimiento.

Con gran interés y curiosidad, el maestro, escuchaba mi explicación al tiempo de pedir le sirvieran más café y entregando a su auxiliar su pipa, indicándole le preparara una nueva.

Se hizo un gran silencio que, según mi percepción, duró por varios minutos, mientras él reflexionaba acerca de todo lo que estábamos platicando.

De repente, el maestro Mozart rompió el silencio y me preguntó: ¿sabes tú cuál era mi método para componer mi música?, a lo que inmediatamente contesté que no, no lo sabía, sin embargo al tiempo de contestar, me imaginé que así como estructuraba sus días, planeando absolutamente todas sus actividades, con horarios definidos, igualmente lo hacía con sus obras musicales.

Tal vez él, dándose cuenta de lo que me estaba imaginando, con una gran serenidad, me dijo: - el método que me funcionó desde que era niño al componer mi música, era que iba escribiéndola en forma continua, sin embargo iba dejando espacios en blanco en donde mi intuición me lo indicaba, continuaba escribiendo y, donde no podía proseguir en forma continua, nuevamente dejaba espacios en blanco y continuaba más adelante y así, hasta concluir provisionalmente cada pieza. Una vez que la terminaba provisionalmente, regresaba a los espacios en blanco y buscaba dentro de mi inspiración en mi interior para conocer lo que me dictaba para "rellenar" esos intervalos que habían ido quedando en mi obra musical -.

Maestro, pegunté, ¿y cómo era posible el que usted pudiera ir uniendo su composición hasta concluirla definitivamente?

Dando un sorbo a su humeante café y sonriendo me dijo:

"ELIJO LAS NOTAS QUE SÉ QUE ME AMAN"

Debo confesar que esta declaración del maestro me hizo reflexionar de la gran sensibilidad que también formaba parte de su personalidad, la cual, llevaba a cada una de sus obras.

Seguía yo con mis pensamientos cuando él me interrumpió diciendo: - Hace un rato nos referíamos a los estados de ansiedad y sufrimiento que padecí según quienes se dedicaron a estudiar mi historia de vida, estados que, según tú me informas, continúan padeciendo las personas en tu mundo actual, ¿te imaginarías que sucedería adoptáramos como forma de vida, el ir dejando "espacios en blanco"?

¿Espacios en blanco?, pregunté un tanto asombrado.

Si, espacios en blanco, o como ahora los llaman ustedes: pausas, intervalos, treguas.

Así como yo iba dejando espacios en blanco en mi producción musical, pero continuaba con ella hasta terminarla en primera instancia y después regresaba a llenar esos espacios con las notas que sabía me amaban y, de esta forma, terminar definitivamente cada una de mis composiciones, imagínate que esta práctica la llevaran las personas de la actualidad en sus propias vidas.

Intrigado pregunté: ¿y cómo podríamos en la actualidad integrar su filosofía de vida a nuestro diario actuar?

Muy fácil me dijo:

¿Qué pasaría si hicieras pausas en tu pensamiento negativo?

¿Qué pasaría si hicieras pausas en tu diálogo interno paralizante?

¿Qué pasaría si hicieras pausas en tus creencias limitantes?

¿Qué pasaría si hicieras pausas en tus conductas tóxicas, así les llaman ahora no?

¿Qué pasaría si hicieras pausas para escuchar en lugar de contestar reactivamente?

¿Qué pasaría si hicieras pausas en una relación que ya no funciona para reflexionar qué fue lo que tú hiciste para que no funcione?

¿Qué pasaría si hicieras pausas para saber qué deseas de tu vida?

Puedo continuar con los ¿qué pasaría si ....?, créeme que son interminables.

Esas pausas son los espacios en blanco de los que te hablo, y puedes continuar con tu vida pero con el compromiso de regresar a ellos para escuchar a tu corazón, a tu intuición, a tu sabiduría, a tu inspiración, a la vida que, en resumen sería escuchar las "notas de la vida que te aman", y colocar esas notas en aquellas pausas que hiciste para rellenar, unir, juntar o restituir tu vida, tus relaciones, tus sueños, tus ilusiones, tus deseos, tus compromisos, tus promesas, tus responsabilidades, tus .... Lo anterior dará como resultado el que te muestres tal y como eres, tal y como piensas.

Yo, sorprendido por este gran aprendizaje, y con el maestro absorto en su expresión, continuó:

"En lo que más insisto es que deberías mostrarle a todo el mundo que no tienes miedo de ser quien realmente eres. Guarda silencio en los momentos que tu sabiduría te diga, pero cuando sea necesario habla, y habla de tal manera que la gente lo recuerde"

Apabullado por el gran aprendizaje que además es tan sencillo de llevar a la práctica, no quise agobiar al maestro y muy respetuosamente le di las gracias, no solo por su tiempo, sino también por desinteresado compartir y enseñanza de esta gran técnica para ser una mejor persona.

Él, amablemente se incorporó despidiéndose, y antes de retirarse me dijo: "Hablar bien y elocuentemente es un gran arte, pero uno igual de grande es saber el momento correcto para parar"

Dicho esto, se retiró y se enfiló hacia el interior de este tercer piso de la Casa Hagenauer, su casa natal.

Una taza de café con...

Cleopatra

La cita fue acordada en el embarcadero de la Avenida de las Esfinges en la ciudad de Luxor en Egipto.

Ella prefirió que nuestra cita se desarrollara en una embarcación que recorrería un tramo del río Nilo, un tramo que serviría para gozar en todo su esplendor Luxor, "El Palacio de las Mil Puertas", como fue llamada esta ciudad de gran tradición en el antiguo Egipto.

En lo personal, esta cita era de gran interés, y si tú me lo permites, hasta de cierto morbo por conocer a esta personalidad tan enigmática que, la historia, biografía e incluso cinematografía, nos ha presentado como una gran gobernante del antiguo Egipto, dotada de una gran capacidad diplomática, comandante naval, y escritora de tratados médicos, aunque también nos han dicho que sus métodos los basaba primordialmente en su gran capacidad de seducción que ejercía sobre los hombres, con una visión polémica de su forma de gobernar y hacerse del poder.

Sumido en mis pensamientos y juicios que nos ha dejado la historia acerca de ella, no me percaté que la gran Cleopatra se acercaba al lugar de reunión, y al verla, inmediatamente recordé aquella frase que Plutarco nos legó acerca de este enigmático personaje:

"Dicen que su belleza no era deslumbrante; desde luego, aquellos que la veían no quedaban impresionados; pero cuando estabas en su presencia y hablabas con ella, era irresistible".

Y en efecto, esto fue lo que me pasó, su porte, prestancia, aspecto, garbo y suntuosidad los consideré inmediatamente avasallante, una personalidad que subyuga sólo con estar frente a ella.

Titubeante hice mi primera pregunta:

¿En qué basa usted su popularidad y la inspiración que despierta en las personas?

Segura de sí misma y con una mirada a la vez penetrante, pero con un aire de dulzura, me dijo: "Quiero vivir cada día como el último; cada hora como especial y dar debido valor a cada persona que pasa por mi vida", "nadie es esclavo de nadie, simplemente somos huéspedes de la vida, y cuando alguien llega a nuestra vida, precisamente es un invitado a quién debemos tratar con toda gentileza; eso, es el arte de convertirse en anfitrión de los otros", por ejemplo, ¡hoy tú eres mi invitado y mi tarea es ser una excelente anfitriona en tu visita.

Sin duda, no sólo la presencia de esta reina era imponente, sino que inmediatamente me di cuenta que parte de su seducción se debía a:

- ✓ Su inteligencia
- ✓ Su forma de expresarse
- ✓ Su trato personal tenía un atractivo inevitable
- ✓ Gentileza en su conversación
- ✓ Una feliz personalidad y además
- ✓ Gran capacidad de adaptación a las personas.

Como parte de la preparación de esta entrevista y antes de trasladarme a la ciudad de Luxor, investigué en el diccionario y en su etimología, el significado de la palabra SEDUCCIÓN, resultando lo siguiente:

Diccionario: Cautivar, Atraer, Atractivo

Etimología: Guiar hacia el camino que uno desea, tanto para uno mismo, como para con los demás, pero siempre en sintonía mutua.

Al escucharla expresarse, recordé estos significados, en donde por lo general nos hemos acostumbrado al que nos marca el diccionario, sin embargo estoy seguro que en Cleopatra, la seducción que ella utilizaba como parte de su vida, es precisamente la que nos referencia el origen del término, es decir: "SEDUCCIÓN es aprender a utilizar la energía y capacidades personales para el bien propio y siempre en sintonía armónica con los demás"

Si tuviera que establecer cuatro atributos para lograr esta "Seducción en Sintonía Armónica con uno mismo y con los demás, ¿cuáles serían estos?

Se quedó pensando como buscando las palabras adecuadas y dijo:

1) Apropiarse y practicar un vocabulario rico, positivo y gentil, no para endulzarle el oído al otro o engañarse uno mismo, sino como una fortaleza a aprender y hacerla propia.
2) Ser un auto-observador constante y permanente, poniendo especial énfasis en el nivel de seguridad

en uno mismo, procurando mantenerlo siempre en un grado óptimo por beneficio propio y, como consecuencia, también de los demás.

3) Trazar un plan para todo, ya que todo en la vida es un proceso. Y ese plan, cumplirlo como un propósito inevitable. Sólo así se logrará un progreso en la vida.
4) Arraigar la determinación personal, como un motor que nos guiará a nuestras metas. Nada es imposible si se tiene el objetivo claro.

Dicho esto, hizo una seña al conductor de la embarcación que nos transportaba por el río Nilo y éste con gran habilidad nos acercó al embarcadero llamado el Valle de las Reinas, despidiéndose educadamente, descendió y se alejó por la Avenida de las Esfinges, perdiéndose entre la multitud de personas que, a esa hora deambulaban por esta concurrida vía.

Ahora comprendo aquello que dicen de las personas que dicen tener "El Complejo de Cleopatra"; Mujer enérgica, apasionada, versátil, dinámica y altamente competitiva.

Desde esta perspectiva, ¿estarías dispuesto(a) a poner en práctica de SEDUCCIÓN EN SINTONÍA ARMÓNICA para mejorar tus relaciones interpersonales?

Una taza
de café
con...
Gandhi

Raj Ghat, el parque en donde se encuentra el monumento en su honor en la ciudad de Nueva Delhi, en la ribera del río Yamuna. Un parque sencillo que se ha convertido en un sitio de peregrinaje, en el que se inhala paz, pero esa paz que lo invita a estar en comunión con uno mismo.

Ataviado con su inconfundible túnica de algodón (veshi), apareció con una sonrisa franca y sus característicos lentes redondos.

Me saludó amablemente rodeado con un halo de paz, difícil de explicar con palabras, una especie de aureola que resplandecía con el brillo del sol, al menos así fue como yo lo percibí.

Su saludo, debo reconocer, me inyectó una sensación de armonía, reposo, serenidad, sosiego y paz. Son de esas personas que a través del saludo te transmiten concordia, amistad y confianza.

Una vez instalados en una banca enfrente del monumento que se erige en su honor, y al tiempo de agradecer esta gran oportunidad que me brinda no solo para estar a su lado y aprender de él, sino para conocer un poco más de los aspectos conocidos de su vida y obra, y con el ánimo de aprovechar el tiempo al máximo como si deseara "exprimir" todo su conocimiento, me atreví, por fin, a hacerle la primer pregunta:

¿Por qué pidió usted que la entrevista se realizara específicamente el día de hoy 30 de enero?

Al tiempo que pidió a un vendedor que se acercó, un masala chai (mejor conocido por nosotros como Té Chaí) y antes de que yo decidiera lo que deseaba tomar, él amablemente me preguntó si ya había probado la leche de rosas, a lo que contesté sorprendido que no, que ni siquiera sabía que existía este tipo de leche, por lo que sugirió la probara y, por supuesto acepté con todo gusto su sugerencia.

Me preguntas porqué te pedí que nuestra entrevista fuera este día, 30 de enero, bueno es que esta fecha es de gran relevancia para el mundo, ya que conmemoramos el día de la no violencia y la paz. Lástima que sólo sea un día su celebración, ya que después de dos guerras mundiales y una infinidad de guerras regionales que la propia humanidad ha creado, tal parece que no hemos aprendido la lección y que cada día del año, deberíamos celebrar y procurar crear paz a nuestro alrededor, empezando por la paz y no violencia con nosotros mismos y de ahí continuar con la paz y no violencia en nuestro seno familiar y continuar transitando en los diferentes escenarios en que nos desenvolvemos en nuestra vida.

De hecho, si reflexionamos un poco, nos damos cuenta que las guerras familiares son más comunes que las mundiales, es muy triste que nos peleemos con los seres más cercanos, y más doloroso aún que ejerzamos violencia contra nosotros mismos al tratarnos, en muchas ocasiones, sin ninguna consideración, sin amor propio. A la distancia, me he percatado que en la actualidad ustedes hablan de la existencia de violencia intrafamiliar, un término raro, ya que esa violencia es el resultado de la violencia intrapersonal, para hablar con sus palabras, esa violencia que las personas se tienen para consigo mismos, tratándose mal, no cuidándose, no procurándose.

Por ello siempre he pensado que:

"La persona que no está en paz consigo misma, será una persona en guerra con el mundo"

De ahí que, "si quieres cambiar al mundo, empieza por cambiarte a ti mismo"

¿Se considera usted un líder?, pregunté.

Para mí el liderazgo significa llevarse bien con la gente, no se trata de ordenar, se trata de obedecer lo que en conjunto se acuerde.

Usted ha pasado a la historia como un ser pacifista, ¿qué significa esto?

Si he sabido que así me califican pero no estoy de acuerdo. No es lo mismo ser pacifista a ser una persona pacífica y yo siempre me consideré un ser pacífico. Ser pacifista es promover la paz; y un ser pacífico es quien practica la paz, empezando por uno mismo.

¿Qué características tiene una persona pacífica?

- ✓ Empezando por no maltratar en cualquiera de sus formas a cualquier ser vivo.
- ✓ Mantener activa y activada nuestra paciencia.
- ✓ Aprender a negociar y promover el diálogo permanente.

- ✓ Cuando no se esté de acuerdo con los dictados de nuestra consciencia, aplicar la resistencia pasiva.
- ✓ Privilegiar la verdad como objetivo

¿Y cómo llego a la verdad?

- ✓ A través del amor

¿Y cómo aplico el amor?

- ✓ Debes considerar cinco aspectos:

1. Promover y mantener el diálogo.
2. Entender a las personas.
3. Comprender por qué hacen las cosas o por qué dicen lo que dicen.
4. Aceptar nuestras diferencias.
5. "No dejes que se muera el sol sin que se hayan muerto tus rencores"

Dicho esto se incorporó, despidiéndose amablemente, y lo vi alejarse hacia el río Yamuna, hasta que ya no fue perceptible su figura.

Por mi parte absorto en mis pensamientos y aprendizajes de este gran personaje, terminé de saborear mi leche de rosas compuesta por agua, leche y extracto de rosas, exquisita bebida que me llenó de vitalidad emocional.

Una taza de café con...

Ana Frank

Ciudad de Amsterdam, Holanda, edificio ubicado en la Plaza Merwedeplein en el centro de la ciudad. Ella, Ana Frank, pidió que la entrevista se llevara a cabo en lo que se conoce como "la casa de atrás".

Inquieto pero emocionado a la vez por encontrarme con una persona a quién conocí a través de la lectura, hace muchos años, de su, mundialmente conocido libro: "El Diario de Ana Frank", libro que leí cuando joven y que me impactó por su historia, pero sobre todo por la personalidad de este gran ser humano.

Al subir al segundo piso del hoy conocido museo que lleva su nombre, con lo primero que me topé fue con un librero de madera que resultó ser "la puerta secreta" que accede a "la casa de atrás", lugar en donde Ana y siete personas más, se escondieron de los nazis por dos años hasta ser descubiertos.

Me pidieron que subiera al tercer piso, y al acceder, cuál va siendo mi sorpresa de toparme con esta gran figura de la humanidad. Se encontraba sentada a un lado de la mesa en dónde ella escribió su famoso diario.

Tras el saludo de rigor y algunas palabras que balbuceé, haciendo patente mi nerviosismo, y ante la mirada comprensiva de ella, por fin atiné a preguntar: ¿por qué su diario fue escrito a Kitty, una amiga hipotética?

Con una voz pausada, pero a la vez firme, me dijo:

"Algo que aprendí en esos dos años, es que – la gente puede fácilmente ser tentada por la dejadez –. Yo no deseaba renunciar a expresar lo que vivimos y experimentamos mientras estuvimos escondidos de los soldados nazis, en pocas palabras, no deseaba dejarme a mi suerte.

Escogí a Kitty, porque en realidad no sabía quién leería mi diario en el futuro, así que Kitty pudiste ser tú, pude ser yo o pudo ser cualquier persona.

Se acomodó en su silla guardando silencio por un momento, y con la mirada fija en el techo, prosiguió: - Creo que sí, al final de cuentas me escribí a mí misma por si lograba sobrevivir, y después contar con detalle todo lo que vivimos, convivimos y experimentamos en ese encierro de sobrevivencia que duró dos años. -

Tomó una profunda respiración y continuó: - También escribí para dejar constancia de quienes nos ayudaron y apoyaron durante ese lapso que, de por sí fue largo, y que pusieron su vida en peligro con tal de guardar ese gran secreto, un peligro en cierto modo mortal, ya que de ser descubiertos, serían acusados de complicidad y seguramente ello los hubiera llevado a la muerte. -

¿La esperanza de sobrevivir siempre estuvo presente?, pregunté:

Me vio fijamente a los ojos y dijo: -

Cada día era especial al amanecer y al anochecer.

Cada día era una nueva oportunidad de ser vivido.

Cada día representaba miedo, pero a la vez esperanza.

Sin embargo, si no sobrevivía, me hubiera seguir viviendo incluso después de mi muerte.

¿Cómo?

A través de todo lo que plasmé en mi diario.

Y todo para que la gente supiera que lo que se ha hecho ya no se puede deshacer, pero se puede evitar que ocurra de nuevo.

"Mi diario fue un regalo de cumpleaños, y yo decidí utilizarlo porque me di cuenta que podía deshacerme de todo aquello que escribía, mis dolores desaparecían y mi valor renacía".

Absorto en sus explicaciones, y deseando saber más, pregunté:

¿Qué significa escribir un diario a uno mismo?

Escribir un diario personal es:

- ✓ Conectar con mi voz interna a fin de saber cuáles son mis deseos, mis necesidades, mis expectativas, mis miedos, mis ilusiones, mis sueños, incluso mis debilidades y mis capacidades.
- ✓ Hablar con las heridas propias que a pesar de estar cerradas, aún duelen por lo que significó en nuestra vida cuando se originaron.
- ✓ Yo diría que incluso es como desnudar la intimidad personal, eso que normalmente reprimimos, callamos, aguantamos y soportamos internamente, pero que a través de la escritura, podemos sacar de nosotros.
- ✓ Una futura conexión con el mundo exterior, reduciendo el aislamiento que propicia un

"escondernos", muchas de las veces, de nosotros mismos.

- ✓ Una forma de potenciar la capacidad de autocuración, al no tener más elementos que una hoja en blanco y un lápiz como única "medicina" prescrita por uno mismo y en la que también uno mismo establece el tratamiento a seguir para curar esos "dolores" emocionales que propicia el aislamiento.

Extasiado con el fluir de su plática, y reflexionando con esta gran enseñanza que estaba recibiendo, Ana Frank se levantó y al momento de despedirse de mí, me dejó una pregunta poderosísima:

¿QUÉ LE ESCRIBIRÍAS A TU MEJOR AMIGO, SI SUPIERAS QUE TU MEJOR AMIGO, ERES TÚ?

Una taza
de café
con...
Charles Chaplin

En la lluviosa y emblemática ciudad de Londres, específicamente en la Plaza Leicester en donde se encuentra una estatua con la que se rinde homenaje y reconocimiento a este gran personaje de la cultura y del entretenimiento mundial, fue el lugar escogido para entrevistarnos al tiempo de saborear un aromático café.

Charlot, personaje del cine mudo con el que muchos nos divertimos por lo característico de dicho personaje, su peculiar forma de caminar, su inseparable bombín y su manera de hacernos reír, pero al mismo tiempo, su invitación a reflexionar acerca de comportamientos sociales como el caso de la película "Tiempos Modernos".

Algún día escuché a una persona decir que los grandes genios tienen dentro de sí un poco de locura y un algo más de contradicción. Aunque no me gusta "etiquetar" de manera general a las personas, Charles Chaplin creo que representa parte de esta contradicción de la que se habla en los genios, ya que ha sido para mí, un personaje contradictorio y de esto precisamente es de lo que deseo platicar con él.

Instalado en el café que se encuentra exactamente enfrente de la estatua con la que se le honra en la citada Plaza Leincester, tras unos minutos de espera, aparece la figura de este gran señor y, debo confesarlo, quedé gratamente sorprendido ya que al acercarse a mí, modificó su andar de persona normal al característico caminar de su personaje llamado Charlot, sacando en mi un franca sonrisa que aligeró la presentación entre ambos; ¡qué manera de "conectar" positivamente con la gente!, me dije en mi interior.

Algo nervioso y después de unos instantes le comenté que el objetivo de mi entrevista era el conocer el por qué su famoso personaje resultaba contradictorio en su persona. Realmente interesado en mi pregunta, me reviró con otra pregunta: ¿contradictorio, por qué?

Porque Charlot resulta una gran contradicción, le dije y continué, por ejemplo: es un vagabundo y en su vestuario exaltaba esta condición al portar pantalones viejos y holgados, y un saco por demás estrecho, sin embargo de comportamientos refinados que adornaba con un bombín y un bastón que manejaba como todo un caballero de abolengo.

No cabe duda que mi comentario lo desubicó un poco y que después de inhalar profundamente al tiempo de pensar su respuesta, me dijo: - fíjate que tu observación es muy válida y me hace pensar que aquellos que nos dedicamos a interpretar personajes, incorporamos a ellos gran parte de nuestras historias de vida, no sólo nuestro talento histriónico, sino gran parte de lo que hemos sido, de lo que somos y de los deseamos ser. Incluso me atrevería a confesar que nuestros miedos, inquietudes, deseos, expectativas, ilusiones, etc., también se impregnan en nuestros personajes. Sin embargo déjame exponerte que cada persona de este mundo somos una contradicción en sí, y para ello si tú me lo permites te lo ejemplifico con la siguiente afirmación:

"QUEREMOS VIVIR LA FELICIDAD DE OTROS"

- ✓ Me siento feliz si tú eres feliz.
- ✓ Me sacrifico para que tú seas feliz
- ✓ Mi felicidad es directamente proporcional a tu felicidad.

Y todo lo anterior, lo aplicamos a nuestros padres, hijos, pareja y de todos aquellos con quiénes nos comparamos.

Álvaro Patricio, déjame confesarte un secreto:

¡A MI NUNCA ME GUSTÓ LA NAVIDAD!

Y no me gustó porque como tú sabes, mi hermano y yo estuvimos, durante nuestra niñez, en un orfanatorio, y las navidades en dicho lugar, no eran precisamente felices.

Y por otro lado, tampoco me gustaban porque en alguna ocasión le dije a mi padre que yo veía que los niños se ponían felices en navidad ya que recibían regalos. La respuesta de mi padre fue colocar su dedo índice en mi frente y me dijo que "ese era el mejor juguete que se había creado, todo está ahí, ese es el secreto de tu felicidad". Por supuesto, a esa edad mi razonamiento no me daba para entender o interpretar lo que mi padre me quería decir, y durante mucho tiempo yo mismo me preguntaba: ¿mi cabeza es un juguete?, ¿el juguete está escondido dentro de mi frente?, ¿por qué no puedo ser como los otros niños y tener juguetes con los que pueda jugar?

Por supuesto, ninguna de estas preguntas tuvo respuesta, ya que mi padre murió al poco tiempo, y mi madre fue internada en un hospital psiquiátrico. Ante todos estos hechos y con mi insuficiente entender, desde entonces siempre me he preguntado: ¿LA FELICIDAD EXISTE Y, SI EXISTE, EN DÓNDE EXISTE?, o peor aún, ¿LA FELICIDAD ES SÓLO UN JUGUETE?

Me imagino que el Sr. Chaplin se dio cuenta que mis ojos seguramente se pusieron cuadrados al escuchar tales preguntas, lo cual además, me confirmó aquello de lo contradictorio de los genios, ya que ¿cómo es posible que alguien que brinda felicidad a los demás a través de sus películas, en lo personal ¡DUDE DE LA EXISTENCIA DE LA FELICIDAD!

Derivado de lo anterior, prosiguió, buscamos la felicidad en los otros y nos alimentamos con ella, es decir, no la creamos para nosotros, sino que la pedimos prestada y por ende, nos complicamos la vida,

Y, ¿qué fue lo que usted hizo para modificar esa forma de pensar, sentir, expresar y conducirse en la vida?, le pregunté aun intrigado por lo que acababa de escuchar.

Después de reflexionar por un momento, por primera vez noté un brillo en sus ojos, y me contestó emocionado: "hubo una persona que en el orfanatorio un día me dijo:

"SÉ TÚ E INTENTA SER FELIZ,
PERO SOBRE TODO SÉ TÚ"

Lo anterior ha sido un mantra en mi vida, y empecé a comprender que: "mirada de cerca, la vida es una tragedia, pero vista de lejos parece una comedia".

"A medida que empecé a quererme, dejé de ansiar tener una vida diferente, y pude ver que todo lo que me rodeaba me estaba invitando a crecer"

"SE TÚ E INTENTA SER FELIZ,
PERO SOBRE TODO SÉ TÚ"

Fue entonces que empecé a comprender lo que mi padre me dijo respecto a la felicidad, ese famoso "secreto de la felicidad"; ella, se encuentra en nuestro interior, no solo en mi cabeza, sino que en todo mi ser a través de mis pensamientos, deseos, expectativas, ilusiones, metas, etc. Pero para que todo ello se cumpla tal y como lo queremos, "hay que tener fe en uno mismo. Ahí es en donde reside el secreto. Aún cuando estaba en el orfanato y recorría las calles buscando qué comer para vivir, incluso entonces, me consideraba el actor más grande del mundo. Sin la absoluta confianza en sí mismo uno está destinado al fracaso".

"SÉ TÚ E INTENTA SER FELIZ,
PERO SOBRE TODO SÉ TÚ"

Este decreto que me ha acompañado en mi vida, ha sido el que me ha hecho ver la vida con felicidad, y esa felicidad es la que he intentado llevar al público, a través de mi personaje, contradictorio, como tú dices, pero recuerda que todos representamos personajes a lo largo de nuestra existencia y muchos de ellos nos llevan a esa contradicción personal que, en todo caso, debería ser una señal para pensar: ¿qué me quiere decir de mi mismo el personaje que represento en cada situación de mi vida?, tal vez nos demos cuenta de nuestras propias contradicciones y ante ellas, debemos reflexionar lo poderosa que la afirmación que es mi mantra o decreto de vida:

"SÉ TÚ E INTENTA SER FELIZ,
PERO SOBRE TODO SÉ TÚ"

Una vez dicho esto, cortésmente se despidió con una reverencia característica de la flema inglesa, y se retiró caminando elegantemente para, de repente, modificar su andar alejándose como Charlot, ese entrañable "vagabundo caballero" que tanto me ha hecho reír, reflexionar y divertir durante mi vida.

Una taza de café con...

Isabel I de Castilla

La Universidad de Alcalá de Henares fue el marco de la entrevista con esta reina de Castilla quién se casó con Fernando de Aragón, pareja conocida como "los reyes católicos" quienes financiaron los viajes de Cristóbal Colón a lo que después se conoció como "el nuevo continente", es decir, a América.

Acostumbrada desde muy pequeña a las cortes y a los protocolos reales, el recibimiento que me dispensó fue totalmente formal; formalidad que se manifiesta en el porte de su presencia, su hablar, su pensar, sus ademanes, en suma, en todo lo que la rodea y en todo lo que sale de ella.

Como sabía de antemano, el tiempo de la entrevista era corto, por lo que casi inmediatamente después del protocolo de presentación, le comenté que el propósito de la misma era el conocer acerca de un rasgo de su personalidad que, en lo personal, yo consideraba que es un recurso personal muy poderoso, pero al mismo tiempo increíblemente frágil: el

AUTOCONTROL

Y ¿por qué me llamó poderosamente la atención esta faceta de su forma de ser?

Se cuenta que en los partos de sus hijos, que la historia cuenta fueron siete, ¡disimulaba el dolor natural de cada parto!

Esta circunstancia la practicaba consciente, voluntaria e intencionalmente para hacerse ver ante la gente, como una mujer de carácter y con gran capacidad decisoria.

Estas circunstancias las mostraba en todos los aspectos de su vida pública y privada, tal vez como consecuencia de la formación real recibida desde los tres años de edad, cuando fue coronada por su hermano Enrique IV.

Al escuchar de mi voz lo anterior, la reina protocolariamente contestó que este rasgo de su personalidad le permitía ejercer el control de los reinos de España que estaban bajo su cuidado, por lo que sus pensamientos, emociones, reacciones e impulsos debían administrarse con diligencia, a fin de tomar decisiones efectivas para los súbditos de sus reinos.

Normalmente somos seres que reaccionamos, y al reaccionar no nos damos el tiempo necesario para pensar nuestra conducta ante un hecho, como dicen ustedes ahora, "nos dejamos ir" y después de la reacción por lo general viene un sentimiento de culpa por la o las decisiones tomadas en un estado anímico que no nos favorece si es que deseamos dirigir nuestra vida en forma correcta.

En su experiencia, ¿qué tipos de AUTOCONTROL son los que debemos de ejercer?, pregunté:

Después de unos segundos de silencio, ella contestó: "en mi experiencia reinando desde muy temprana edad, son dos:

1. El que ejercemos sobre nosotros mismos, el cuál debe ser voluntario, consciente y al pendiente de todo aquello que sucede en nuestro interior, empezando por las emociones que nos embargan antes de tomar una decisión.
2. El que permitimos que ejerzan otros sobre nosotros, es decir, de todo aquello que viene de afuera, por ejemplo: sugerencias no solicitadas, rechazos disfrazados, dependencia emocional no aceptada por nosotros mismos, evitación del dolor como fue en el caso de mis partos, aquellas críticas que bautizan como "constructivas", halagos mentirosos de otros hacia nosotros.

Tal vez pienses, me dijo, que por el hecho de haber sido reina estuve sometida a todo tipo de presiones de este tipo y que muchas personas procuraron interferir en mis decisiones de gobierno, sin embargo también estoy cierta, que cada una de las personas, tiene su propio reino, el personal, el propio, el individual, el íntimo, ese que es totalmente subjetivo ya que cada persona tiene la única verdad sobre ese "su reino" y vienen otras personas, tal vez con buenas intenciones, a interferir en las decisiones que se toman, trayendo consigo "sus verdades" a un reino que no es el suyo, por lo tanto es nuestra responsabilidad ejercer y mantener el autocontrol.

Por otro lado, es muy común que las personas nos perjudicamos a nosotros mismos al no administrar nuestro sentir y, ello viene a entorpecer las decisiones de vida, por lo que si ejercemos el autocontrol sobre nosotros mismos, lograremos obtener mejores resoluciones en nuestra vida.

¿Qué costos tiene el presionarnos para ejercer el autocontrol en nuestra vida?, pregunté:

Sin vacilar ni por un segundo, contestó: angustia y eso que ustedes llaman ahora pomposamente como estrés que, en mi época conocíamos sencillamente como tensión.

Estoy consciente que llevé al extremo mi autodominio al disimular el dolor durante mis partos, en realidad, era una prueba en la que deseaba demostrarme a mí misma mi templanza y, debo reconocerlo, demostrar a los otros esas capacidad que aprendí y ejercí desde muy pequeña, quería que me vieran como una digna reina de Castilla.

En su opinión, ¿qué sugerencias nos daría al mundo actual, en el que precisamente existe ese estrés diario, para practicar nuestro autocontrol?

Sinceramente creo que para administrar de manera más eficiente la vida, se debe ir del autodominio a la auto-regulación, en dónde se tiene la oportunidad de ir ajustando la intensidad de las emociones que se sienten y que se expresan, reconociendo cada emoción y la razón que la generó y de ahí regular la respuesta que se dará ante el hecho, dejando la reacción solo para casos de verdadera urgencia en donde la reacción sea por sobrevivencia, no como una herramienta de desfogue con uno mismo y/o con otros.

De hecho, le comenté, hoy por hoy se tienen estudios muy avanzados en este sentido de la auto-regulación a la que usted hace referencia, que nos dicen que si la ponemos en práctica en cualquier área de nuestra vida, esa práctica nos ayudará en otras áreas, incrementando la voluntad en ellas. Así que este autodominio que hoy ha derivado en la auto-regulación se ha convertido en una de las mejores herramientas que tenemos a nuestro alcance las personas para gestionarnos en forma más efectiva.

Así lo has dicho y estoy de acuerdo contigo, y además celebro que tengan en la actualidad, elementos para evitar el desgaste que produce eso que llaman estrés.

Contestando lo anterior, me indicó que la entrevista había concluido y se retiró, mostrando el porte y prestancia de una reina.

Una taza de café con...

Nelson Mandela

Aparthied, una palabra que se hizo común, al referirnos a este gran ser humano que nos dejó un legado de lo que suele llamarse un "ideal de vida".

¿La cita?, sur de la ciudad de Johannesburgo en Sudáfrica, específicamente en el Museo del Aparthied, ¡no podía ser otro lugar el que escogiera este personaje de la historia de la humanidad!

Nelson Mandela, su lento pero firme caminar; una sonrisa que transmite una gran paz interna; una demostración de certeza y congruencia personal.

Sin duda, un honor estar en su presencia, la cual impone, pero impone de confianza, de integridad, de una vibración positiva que invita de inmediato a escuchar atentamente su decir.

Una vez sentados y al momento que nos sirvieron café y té, quise no perder tiempo y empezar a saber acerca de una parte de la historia del Sr. Mandela, él, atento y dispuesto me indicó que le llamó la atención que quisiera concentrarme sólo en ese aspecto de su vida y no en todo lo que nos es conocido por el mundo, respecto a su trayectoria.

Por supuesto, le dije, le tengo que preguntar acerca de aquel tiempo que usted pasó en reclusión, 27 años, sí, 27 años que se dicen rápido pero que seguramente fueron una eternidad para él quien vivió todo ese tiempo en una celda de apenas 2.4 y 2.1 metros, y que además como parte de su condena y restricciones, sólo le permitían recibir una visita y/o una carta ¡cada seis meses! Ese, era su único contacto con el mundo exterior.

¿Cómo hizo usted para no desfallecer ante esta situación de vida, si es que le podemos llamar vida?

Sonriendo amablemente me contestó: "Simplemente no permití que mi luz dejará de brillar"

¿Y, cómo le hacía para que esa luz continuará prendida cada uno de los días durante esos veintisiete años?

Al paso del tiempo, he leído muchas biografías que se han hecho sobre mí, y algunos de mis biógrafos, me califican como "un optimista recalcitrante". Difiero de ese calificativo, ya que existe una actitud que es mucho más poderosa que el optimismo, **la esperanza**. "No se trata sólo de ser optimista, sino un gran creyente en la esperanza".

La esperanza nos es natural para todas las personas, nacimos con ella, y desde que tenemos uso de razón, tenemos muchas esperanzas, la de crecer, la de formar una familia, la de tener una carrera profesional y/o una actividad que nos llene de plenitud; vamos, cada día ¡tenemos la esperanza de anochecer!, es decir, la ponemos en práctica cada día, tal vez en forma inconsciente, pero internamente movemos muchas emociones en ese sentido.

En cambio el optimismo lo aprendemos y aprehendemos, ya que algunos a nuestro alrededor, se encargan de convencernos, ante situaciones de crisis, de tristeza o de malestar, que "el mañana siempre será mejor", lo creemos y por lo tanto lo incorporamos a nuestra vida; ¿se mueven emociones positivas con el optimismo?, por supuesto, pero esas emociones puede que tengan una vida muy corta, ya que surgen de destellos de inspiración que así como llegan, también se van; en cambio la esperanza es permanente en nosotros al ser un sentimiento de vida.

Si pudiéramos hablar de una estrategia de vida que usted haya puesto en práctica durante este larguísimo periodo que estuvo encarcelado, ¿estaríamos hablando solo de la esperanza?, pregunté.

¡Por supuesto que no!, contestó firmemente

¿Entonces?, insistí.

Cada día durante esos veintisiete años de libertad interior, leía, releía, repetía y sentía dentro de mi ese maravilloso poema de William Ernest Henley, titulado: **"INVICTUS"**.

¿Lo conoces?, me preguntó amablemente

¡No!, respondí al tiempo de pedirle si lo podía conocer de sus labios, sobre todo porque con el simple nombre de dicho poema, me sonaba inspirador, situación a la que accedió de inmediato y, cerrando sus ojos, comenzó a expresarla con gran intención y sentimiento:

¡INVICTUS!

"Más allá de la noche que me cubre negra como el abismo insondable, doy gracias a los dioses que pudieran existir por mi alma invicta.

En las azarosas garras de las circunstancias
nunca me he lamentado ni he pestañeado.

Sometido a los golpes del destino mi
cabeza está ensangrentada, pero erguida.

Más allá de este lugar de cólera y lágrimas
donde yace el horror de la sombra, la
amenaza de los años me encuentra,
y me encontrará, sin miedo.

No importa cuán estrecho sea el portal,
cuán cargada de castigos la sentencia.

Soy al amo de mi destino.
Soy el capitán de mi alma"

Absorto con la sensación que me causó su forma de expresarla y con gran emoción por escucharla precisamente de él, ¡no supe qué decir!

Él, al darse cuenta de mi silencio, prosiguió:

Como te darás cuenta este poema es muy bello a la vez de inspirador, como bien dijiste, y desde mi percepción, tiene cinco aspectos que son esenciales:

1) "Mi alma invita", ¡qué bella forma de referirse al alma!
2) A pesar de las circunstancias, no me lamento.

3) Mi cabeza siempre erguida.
4) Los años me encuentran, sí, pero sin miedo.
5) Soy mi propio destino.

Mi ideal de vida fue nunca considerarme como un "prisionero", sino más bien como el único protagonista de mi vida, independientemente de lo que sucediera en mi exterior.

En efecto, interrumpí, usted habla de su libertad interior, ¿quiere decir que durante el lapso de encarcelamiento siempre tuvo libertad interior?

¡Nunca la perdí!, dijo orgulloso.

"Al salir por la puerta hacia mi libertad exterior, supe que si no dejaba atrás todo el RIO de emociones negativas, seguiría siendo un prisionero"

¿RIO de emociones negativas?, pregunté intrigado.

¡Por supuesto!, y dejaré que tu imaginación sea la que descifre cuáles son las emociones negativas de ese RIO.

Aún sorprendido por el reto que me impuso, y con una leve sonrisa en su rostro, se levantó al tiempo de dar el último sorbo a su té y se despidiéndose en forma amable, se alejó pausadamente, dejando tras de sí, una estela de sabiduría que, debo reconocerlo, me dejó gratamente satisfecho por la oportunidad de haber compartido un rato con este gran hombre, aunque pensando en el RIO de emociones negativas que tenemos en la vida y que nos convierte en prisioneros en nuestra propia vida.

¿Qué nombre le darías tú a esas emociones negativas que conforman el RIO?

Una taza de café con...

Hellen Keller

En su vida publicó 14 libros y más de 500 artículos, a pesar de que a los diecinueve meses de edad, quedó invidente y sorda, y ello fue un estímulo, sí, leíste bien, un estímulo para que ella misma creara alrededor de sesenta señas y gestos para comunicarse con las personas.

El hecho de hablar de estímulo, no implica que este personaje no tuviera sus momentos de "sombra", esos momentos que todos llegamos a tener en la vida, algunos inconscientes y otros en lo que sí nos damos cuenta que los estamos transitando.

Pero, ¿de quién estamos hablando?, ni más, ni menos que de Helen Keller, una gran dama que ha pasado a la historia por las fortalezas personales que desarrolló debido a su condición "limitante" para algunos, pero que para ella, fue todo un reto por resolver, incluso con episodios de gran dolor como cuando por la impotencia de no ser capaz de pronunciar una palabra y, por lo tanto, no poder comunicarse con sus padres, en un ataque de ira, rompió una taza contra el piso.

Sin embargo, yo no deseaba conocer estos aspectos sombríos de su vida que, sin duda influyeron en el desarrollo de garra por vivir; sino que me interesaba aún más, conocer un concepto que ella misma había bautizado como "deseos intencionales de superación personal".

Para ello, establecimos la cita, de acuerdo a su decisión, ni más ni menos que en la Catedral Nacional de Washington, lugar en donde reposan sus cenizas.

Elegantemente ataviada, llegó puntual a la cita, por supuesto acompañada por su maestra Anne Sullivan, referencia impostergable en su vida, ya que gracias a ella aprendió a leer y escribir, a pesar de su condición de vida.

Al tiempo que nos sirvieron una taza de café a cada uno de los tres, y gratamente emocionado por esta entrevista, le agradecí su tiempo y disposición y le comenté que desde mi punto de vista, en su vida además de desarrollar muchas fortalezas, hay cinco de ellas que considero fueron fundamentales en su desarrollo personal y, que las personas podemos tomar como ejemplo al tomarla a ella como modelo de actuación.

Ella visiblemente apenada por mí comentario, me comentó amablemente: "nunca pasó por mi mente ser modelo para nadie, simplemente lo que yo deseaba era el poder comunicarme eficientemente con mis padres, y muy pronto aprendí que para ello, tenía que aprender a relacionar las palabras con los objetos pero principalmente con mis emociones, desde entonces supe que para emitir mensajes claros, debemos tener claras nuestras emociones, ya que con ellas transmitimos más que con las palabras, por lo tanto mi condición de eso que califican como –muda o mudo-, era sólo eso, una condición más no una imposibilidad para estar en contacto con los otros".

Totalmente de acuerdo con sus palabras, le confirmé, - incluso se sabe de las ocasiones en que usted visitaba a los soldados durante la segunda guerra mundial, principalmente con aquellos militares que, derivado de las acciones de guerra, habían perdido su vista y/o su audición, y todos ellos coincidían que cuando usted llagaba "la calma entraba con usted" -.

Por ello confirmo que usted ha sido todo un referente para esta condición como usted la llama, ¡insistí!, y como le decía anteriormente, observo cinco actitudes potencializadas por usted que de ponerlas en práctica cualquier persona en alguna situación de vida que represente "un problema", seremos capaces de solucionarlo eficazmente, y si me lo permite le mencionaré esas cinco conductas, a lo que accedió y respetuosa y atentamente se dispuso a escucharme:

Las fortalezas de carácter que veo en usted, son:

1) Consciencia de su estado
2) Autocontrol
3) Disciplina
4) Esmero y
5) Paciencia

Después de escucharme, se quedó pensando por un rato que me pareció una eternidad, y por fin me dijo:

- Fíjate que nunca había reflexionado en estos puntos que me estás comentando, pero pensándolo bien, fueron comportamientos que realicé inconscientemente, tal vez obligada por la condición que prevalecía en mí, pero si, seguramente tienes razón, porque pensándolo bien:

1) La consciencia de mi estado, como tú le llamas, "me llevó a haber preferido volar en lugar de gatear".
2) El autocontrol, realmente lo aprendí después de muchos altibajos emocionales, en donde me tope frecuentemente con mis propios "diablos internos", por lo que me convencí que "la vida es una aventura o no es nada", y no quise centrarme en "mi puerta cerrada", decidiendo abrir las que tuve a mí alcance.
3) En cuanto a la disciplina, te concedo la razón, ya que, ahora recuerdo, que muchas veces me dije: "no ´puedo hacer todo, pero no renunciaré a lo que sí puedo hacer", y lo hice con el apoyo de Anne a quién siempre le estaré eternamente agradecida.
4) Eso que llamas "esmero" yo lo llamaría, si tú me lo permites como "amor", me dijo solemnemente, ya que estoy convencida que es preferible "ser ciego y ver con tu corazón, a ser vidente y ver con tu rencor". ¿De qué sirve ver con los ojos si solo los utilizamos para ver rencor, resentimiento, odio, carencia o limitación?
5) Y en cuanto a la paciencia, estoy de acuerdo en que es una gran fortaleza de carácter que,

de utilizarla frecuentemente, encontrarás dicha en la superación de cualquier obstáculo por muy grande o poderoso que parezca, pero también encontrarás dicha en todo lo que la vida nos brinda como por ejemplo:

- ✓ Descubrir el secreto de las estrellas.
- ✓ Navegar en lugares por descubrir y
- ✓ Tener una nueva esperanza en el corazón.

Atónito por esta clase de "deseos intencionales de superación personal", Helen se disculpó por retirarse a sus aposentos, agradeciendo la entrevista y, dejando en mí, un gran deseo de modelar a esta gran dama que, sin duda, nos legó, al menos, cinco actitudes diarias a poner en práctica, a fin de mejorar como persona, sabiendo que gracias al aprendizaje que nos legó, ella pudo cambiar su manera de ser, y de los ataques de ira que sufría en su temprana edad, con consciencia de su estado, autocontrol, disciplina, amor (esmero) y paciencia, logró ser una persona socialmente aceptada, respetada y digna de ser modelada.

¿Alguna vez has pensado cuáles son tus deseos intencionales de superación personal?

Una taza de café con...

Walt Disney

"Si lo puedes soñar, lo puedes realizar"

Esta es una frase que me ha acompañado desde hace muchísimo tiempo en la vida. De hecho, podría considerar que se convirtió en un decreto personal que, al recordarla y repetirla en pensamiento, palabra y sensación, ha sido testigo de muchos de mis éxitos en las diferentes áreas de mi vida.

¿Su autor?, ni más ni menos que el Sr. Walt Disney.

Confieso que esta entrevista ha sido una de las más esperadas y deseadas por mí, ya que desde muy pequeño el Sr. Disney y su obra se convirtieron en un modelo de actuación, no sólo por el éxito que logró, a pesar de los obstáculos que se interpusieron en su camino, sino por su filosofía de vida.

La cita se acordó, y no podría ser de otra manera, en la glorieta en la que se erige la famosa estatua de Walt Disney tomado de la mano de Mickey Mouse, teniendo como testigo el Castillo de la Bella Durmiente, al final de la calle principal del mundialmente conocido Parque Disneylandia, situado en Anaheim, California, Estados Unidos.

Con un elegante traje color azul marino, el Sr. Disney llegó puntual a la cita y me dispensó con su atención al regalarme una placa conmemorativa del 60´ aniversario del parque, con mi nombre inscrito en la parte superior, y en la parte inferior, la frase que ha sido mi decreto de vida y que señalé al inicio: "Si lo puedes soñar, lo puedes realizar".

¡Vaya forma de mostrar que es un excelente anfitrión!, pensé para mí.

Iniciamos la entrevista expresando mi admiración hacia su persona y a todo lo que hizo en vida y que nos legó a las generaciones futuras, creándonos momentos de felicidad que quedan "tatuados" en nuestra memoria más gratificante de la vida, sin embargo, le comenté que el objetivo principal de la entrevista era el conocer su filosofía de vida respecto a la felicidad.

Inmediatamente él me contestó que en realidad siempre supo que la felicidad se da por momentos, por instantes, a veces casi imperceptibles que, van formando, aunque no nos demos cuenta, un cúmulo de sensaciones internas que pasan a formar parte de las épocas más felices de nuestra vida, por ejemplo, continuó, una época muy feliz de mi vida, era cuando pasaba horas en el bosque observando a los animales, eran momentos de gran gozo, plenitud y florecimiento para mí, ya que al observarlos detenidamente, me percataba cuáles eran sus dinámicas, sus movimientos más recurrentes, sus gestos, incluso hasta sus temores y sus momentos de plenitud que, aunque sean animales, no significa que no los tengan. Lo único que yo hacía, era dibujarlos en cada uno de estos momentos.

Todo ello me sirvió posteriormente para crear las películas en las que los animales son protagonistas de las mismas, ya que con la observación que realicé en el bosque, pude plasmar con detalle cada uno de sus movimientos y sensaciones en su vida cotidiana.

¿Qué otras épocas han sido de las más felices en su vida?, pregunté.

La de "**Realizador de Sueños**"

¿Realizador de sueños?

¡Sí!, contestó decididamente

¿Cómo es eso?, pregunté

Verás, contestó: "Sueño, pongo a prueba mis sueños en contra de mis creencias, me atrevo a arriesgarme y ejecuto mi visión para hacer realidad esos sueños".

Lo anterior por supuesto, se realiza a través de un proceso al que he llamado "Proceso DICSA para la realización de los Sueños"

¿En qué consiste?, pregunté cada vez más interesado en esta filosofía.

Consta de cinco pasos o fases:

D = Desea

I = Imagina

C = Cree

S = Sueña

A = Atrévete

Es decir, concibe un gran sueño, visualízalo con gran detalle pormenorizado, ten la certeza absoluta que se realizará tal y como lo estás concibiendo en tu imaginación, incorpóralo intencionalmente a tu día a día como ya realizado y adhiere valentía y coraje y realízala.

Recuerda, me dijo, que la mejor manera de empezar algo es dejar de hablar de ello y ponerte a hacerlo y llegar al final, creyendo en ello en forma incuestionable.

Sin embargo, comenté, se ha demeritado de manera importante el poder de los sueños, ya que para mucha gente, los sueños son eso, solamente sueños difícilmente realizables.

Hay tres diferentes niveles de soñadores; El Ensoñador, el Soñador y el Realizador de Sueños, permíteme te explico, respondió:

1) **El Ensoñador**, es aquel que sueña en estado de anestesia, es decir lo ve como algo confuso, lejano, poco visible y por lo tanto poco real por lo que no ejerce ninguna acción encaminada a realizarlo. Este sueño suele ser de corta duración y una vez dejado a un lado, se olvida fácilmente. Puede ser que posteriormente regrese a la memoria, pero sigue en estado de anestesia y así por intervalos, va y regresa, va y regresa y así se pasa la vida sin materializarlo.
2) **El Soñador**, es aquel el que a través de su imaginación, crea o delinea en forma detallada su sueño, lo imagina, lo siente, le da color, tamaño, forma, lo huele, lo platica, lo planea, determina incluso la estrategia a seguir para realizarlo, pero

al final sus miedos, sus creencias o los miedos, las creencias u opiniones de los demás lo limitan y termina por dejar en estado de "pausa" ese gran sueño. "La diferencia entre ganar y perder a menudo consiste en no abandonar tus sueños", por lo que "una persona debe fijar sus objetivos cuanto antes y dedicar toda su energía y talento a ellos". Debemos procurar no convertirnos en "Soñadores Crónicos"

3) **El Realizador de Sueños**, es aquel que además de todo lo que se realiza en la fase de El Soñador, deposita el sueño en su corazón y tiene la certeza absoluta en su sueño y, a pesar de sus creencias, miedos y la opinión de los otros, corre el riesgo para que se convierta en realidad, teniendo la valentía para realizarlo, ejerciendo una acción enfocada y una dedicación intencional, poniendo toda su energía y coraje en ello. En esta fase es en dónde se pone en funcionamiento el "Proceso DICSA para la Realización de los Sueños"

Debo confesar que hubo momentos en mi vida que dudé, lo acepto, pero fue precisamente en esos instantes en que firmemente me repetía:

"**Sueña, Cree, Atrévete, corres el riesgo que se convierta en realidad"**, y como sabes, materialicé todo aquello que había construido en mis pensamientos y en mi corazón, y todo ello me llevó a mi realización personal.

"Corre el riesgo que tus sueños se conviertan en realidad, recuerda que en mi caso, todo comenzó con un ratón"

Dicho esto, Walt Disney me invitó a presenciar el desfile de carros alegóricos que se aproximaba por la calle principal del parque, con los personajes emblemáticos de todas las películas soñadas y creadas por él mismo, espectáculo que, por demás está decirlo, me lleva a recuerdos de mi infancia, de mi juventud y también a las veces que, junto con mis hijas, vimos las películas que nos dejó el Sr. Disney para las generaciones posteriores del mundo entero.

Confieso que este desfile en particular me hizo entrar en lo que se llama estado de flow (florecimiento), en el que el tiempo pasó sin darme cuenta al estar absorto en el desfile, los personajes, los carros, la interacción con el público, las melodías que se escuchaban como fondo y el ambiente de felicidad que se respiraba por parte de todas las personas que estábamos presenciándolo.

Una vez terminado el desfile, me percaté que el Sr. Walt Disney ya se había retirado, pero me había dejado un pasaporte para volver las veces que deseara y envolverme de aquel clima de felicidad del que somos capaces todas las personas, recordando que los sueños se realizan; al fin y al cabo, "**todo comenzó con un ratón**".

Una taza de café con...

La Malinche

En Cholollan (hoy Cholula, Puebla), se concertó la cita con esta enigmática mujer de quien, las más de las veces, se habla en forma negativa, símbolo para muchos de deslealtad, para otros de una resiliencia personal a prueba de cualquier infortunio, para algunos más como la madre del mestizaje, en fin, un cúmulo de calificativos y de significados que hacen de ella, un personaje digno, desde mi punto de vista, de interiorizarnos en aspectos de su vida, que van más allá de lo que conocemos y del cómo la califiquemos.

¿A quién nos referimos?, ni más ni menos que a Malinalli Tenépatl, su nombre de pila, y mejor conocida con dos sobrenombres la Malinche y/o doña Marina.

Doña Malinalli (así decidí referirme a ella), llegó a la cita elegantemente ataviada con un vestido largo color blanco y con detalles rojos finamente bordados en forma de cuadros, rectángulos y siluetas de flores. Cabello largo, brillantemente oscuro, cejas refinadas que muestran su origen de la alta sociedad y una belleza indígena digna de admiración. Su trato, desde un principio fue fino y educado, notándose su preparación personal.

Ella, un tanto confundida por la solicitud de esta entrevista, inició nuestra comunicación preguntando el motivo por el cuál deseábamos conocer más aspectos de su vida de los que ya eran conocidos y juzgados por la historia.

Mi respuesta fue que la misma historia que, en su momento la enjuició, ahora se había encargado de reivindicarla en muchos de aquellos aspectos por los cuáles se le había sentenciado, al reconocer el papel fundamental que desempeñó en la historia de nuestro país, al haber sido la traductora del conquistador Hernán Cortés y, posteriormente la madre de Martín Cortés a quién procreó con el colonizador, motivo por el cual se le considera ahora como "la madre del mestizaje".

Sin embargo, le comenté, mi intención es conocer esa actitud personal que asumió en experiencias negativas en su vida, y que le permitió revertir y reponerse de cada una de ellas saliendo aún más fortalecida.

Interesada en lo que le dije, expresó:

¡Entonces pregúntame lo que desees!

Resiliencia es la palabra que en la actualidad le damos a esa capacidad personal de sobreponerse a cualquier situación de desdicha y, salir fortalecidos de ella por la experiencia y el aprendizaje obtenido en la misma, le comenté, por lo que yo quisiera saber ¿cómo hizo usted para ir sorteando cada una de las vivencias negativas que tuvo desde pequeña, por ejemplo, cuando su padrastro la vendió a unos esclavistas, o estos a su vez, la vendieron a Hernán Cortés, o cuando éste la obligó a casarse con Juan Camarillo uno de los acompañantes del conquistador?

¿Resi............que?, me preguntó intrigada.

Resiliencia, contesté.

¡Qué palabra tan complicada!, atinó a decir.

Mira, me dijo, en efecto desde muy pequeña tuve experiencias desagradables que vivir y desde aquella época me vi en la necesidad de desarrollar tres aspectos que, al ponerlos en práctica cada día, me fui haciendo más valiente en mi interior.

Esos tres aspectos fueron:

4) Contenerme
5) Reprimirme y
6) Recobrarme

Yo no sé si estos tres aspectos tengan que ver con esa palabra que me dijiste: ¿resi...........qué?

Resiliencia, apunté un tanto divertido con su expresión.

Bueno, prosiguió, me tuve que contener en cada una de estas experiencias, porque en aquella época las mujeres no teníamos voz, la obediencia a nuestros mayores o patrones, era una actitud permanente e incuestionable y por lo tanto, debíamos aguantar lo que ellos decidieran para nosotras las mujeres.

Sin embargo, ello no significaba que no me enojara por el trato de esclavos, de inferioridad y de desprecio con que nos trataban, pero tampoco podíamos hacer evidente nuestra emoción, nuestras palabras, nuestros pensamientos, por lo que debíamos reprimirnos, es decir, nos castigábamos a nosotras mismas sometiendo nuestro sentir y aceptar lo que hicieran de nosotras.

Por último, no quedaba de otra más que recobrar mi estado de paz, de tranquilidad y de aceptación que, eran estados en los que únicamente yo era mi propia dueña.

Esta era la forma en que me recobraba de cada una de estas experiencias, convencida que mi vida continuaba y por lo tanto debía proponerme aprender de ellas, sin saber lo que me deparaba el futuro.

Sin embargo, no todo quedaba ahí, sino que me di cuenta que ese "castigo" que me imponía al reprimir mis emociones, palabras y pensamientos, debían salir de mí.

En aquella época, lo que ustedes ahora llaman "perdón", tenía un significado mucho más limitado, ya que se utilizaba solo por los esclavos obligados a "pedir perdón" a los patrones por alguna acción o palabra que a ellos les parecían ofensivas o de rebelión.

Pero el "perdonarnos" a nosotros mismos era algo que no se conocía, por lo que al darme cuenta que tenía que "sacar" esas emociones negativas, opté por ser bondadosa conmigo misma como una forma de tolerancia personal y con los demás.

Para usted doña Malinalli, ¿qué significa ser bondadosa?, pregunté.

¡Concederme valor a mí misma!, contestó con gran seguridad

Entonces, insistí, ¿la bondad, desde su punto de vista, debe ser enfocada a uno mismo?

¡Por supuesto! dijo firmemente.

Y, ¿cómo logró esa bondad?, cuestioné.

Poniendo en práctica lo que desde aquel entonces yo llamé

"las 3 B´s de la Bondad"
¡Buena, Benigna y Benévola!

¿Me podría explicar cada uno?, pregunté.
¡Claro que sí!

1) Buena es tener una actitud compasiva hacia una misma.
2) Benigna significa ser saludable hacia una misma.
3) Benévola es hacerme el bien a mí misma.

Como puedes ver, el concederme valor a mí misma, tuvo grandes beneficios en lo personal y como consecuencia, mis tratos con los demás también resultaron favorables.

Con este gran aprendizaje obtenido de doña Malinalli, agradecí su tiempo, pero sobre todo su compartir y me despedí, no sin antes hacerle saber de mi admiración por ella.

Doña Malinalli respetuosamente se despidió y agradeció el que la haya llamado por su nombre, dejando atrás otros sobrenombres que la historia le adjudicó, los cuáles por cierto, no fueron de su agrado.

La vi retirarse caminando con gran elegancia y porte, dejando en mí una sensación de bondad que no sentía hace tiempo, y reflexionando acerca de tomar este ejemplo de actitud personal al procurarme el ser bueno, benigno y benévolo conmigo mismo para mejorarme como persona, beneficiando al mismo tiempo a mis relaciones; ¡lo merezco y lo merecen!

Una taza de café con...

Pancho Villa

Rancho La Coyotada, municipio de San Juan del Río, Durango, sitio que vio nacer a Doroteo Arango, uno de los protagonistas de la revolución mexicana. Fue el lugar escogido por él mismo, para llevar a cabo la entrevista. Población de escasos recursos y con una escolaridad mínima por las propias condiciones de carencia, situación que resulta paradójica considerando que la pobreza y la falta de educación, él mismo no sabía leer, fueron de los motivos por los cuáles luchó Pancho Villa, como es conocido mundialmente.

Muy nervioso de mi parte por lo que representa este hombre de la historia mexicana, y por otro lado, por la fama que se formó él mismo o que le construyeron sus biógrafos.

De repente en el horizonte se hizo presente esa inconfundible figura, bigote cuidado y bien peinado, cejas pobladas, sombrero redondo color caqui, vestimenta de igual color y con sus inseparables cananas con balas, botas oscuras y una franca sonrisa en su rostro.

Llegó y me extendió su mano franca con total confianza que demuestra su gran seguridad personal. Me invitó a sentarnos e inmediatamente pidió una malteada de fresa que era su bebida favorita y que degustó por primera vez en una de sus incursiones por El Paso, Texas, al tiempo que por mi parte, pedí un café bien cargado.

Acto seguido quise empezar la entrevista a fin de aprovechar al máximo el tiempo que don Doroteo me estaba dispensando, y lo primero que le dije es que independientemente de la fama que le fue creada como prófugo de la ley, ladrón de ganado e incluso nombrado por algunos como el "Robin Hood mexicano", en lo personal yo deseaba referirme a los aspectos constructivos de su vida que, por supuesto también los tuvo como cualquier persona.

Don Doroteo, hay un hecho en su vida que yo considero inspirador: se cuenta que en su lugar natal, San Juan del Río, Durango, en alguna ocasión organizó una competencia con los niños del lugar para ver quién dibujaba en el suelo de tierra la raya más recta, resultando usted el ganador, pero considero que lo más importante de este ejercicio fue el mensaje que les dejó a esos niños: **"ustedes, les explicó, perdieron porque se dedicaron a ver el suelo en lugar de ver la meta".**

¿Considera usted haber alcanzado todas sus metas?, pregunté.

Se quedó reflexionando un instante y dijo: ¡SI!

Mi meta principal, prosiguió, fue siempre hacer valer la justicia, mi hermana decía que tenía espíritu justiciero. Creo que cuando te comprometes con tu causa, tarde o temprano realizas tus metas.

Mencionó usted una palabra muy importante para lograr metas: compromiso, le comenté.

Si, respondió, mucha gente quiere alcanzar sus metas solo con deseos, y se necesita mucho más para ello.

¿Podría explicarme qué más?, insistí.

¡Claro!, expresó gustoso.

Yo siempre puse en práctica cuatro estrategias:

1) Espíritu detallado de lo que quieres.
2) Saber las maniobras que pondrás en práctica.
3) Estar siempre vigilante de la meta y
4) Siempre tener fe en uno.

Claro que cada uno de estos pasos debes aprenderlos, ya que "nadie hace bien lo que no sabe", y para ello debes acudir con un maestro, buscar quien te enseñe, "la educación es muy importante para salir adelante"

Aquí me permití interrumpir a Don Doroteo y le dije: Usted nos legó una frase que considero refleja muy bien lo que usted piensa de la educación, esa frase dice que usted "prefería pagarle primero a un maestro que a un general".

¡Así es mi amigo!, me dijo.

"Yo no fui a la escuela, no soy un hombre educado. Nunca tuve la oportunidad de aprender algo, excepto cómo pelear", por eso cuando fui gobernador en Chihuahua mandé construir cincuenta escuelas en mi primer mes de gobierno".

¿Procuró la igualdad a través de la educación?, pregunté.

"La igualdad no existe, ni puede existir. - afirmó categóricamente - Es mentira que todos podamos ser iguales; hay que darle a cada quien el lugar que le corresponde", "qué sería del mundo si todos fuéramos generales, si todos fuéramos capitalistas o todos fuéramos pobres". Eso no quiere decir, mi amigo, que "es justo que todos aspiremos a ser más, pero también que todos nos hagamos valer por nuestros hechos", creo que eso es lo más importante, que nuestros hechos hablen por nosotros.

¿Qué consejo nos daría para hacer valer nuestros derechos?, cuestioné.

Sin vacilar ni por un segundo dijo: "ser valiente"

¿Para usted que es la valentía?, interrogué.

Poner en funcionamiento el coraje por nuestros ideales, osadía para alcanzar la meta, intrepidez en nuestra acción y hombría intencional, diciendo esto se llevó las manos a sus partes bajas.

Antes de irme querido amigo, me dijo, déjame decirte algo:

"Yo no deseo ser una vergüenza de mi raza, deseo ser una raya recta"

Dicho esto, se levantó, se acomodó las cananas, y con un apretón en mi antebrazo se despidió y, al tiempo de retirarse alcanzó a decir:

"Sería magnífico, yo creo, ayudar a hacer de México un lugar feliz"

Y remató:

"Viva México cabrones"

No cabe duda que su valentía la mostró en todas sus acciones, empezando por la defensa que hizo de su hermana cuando, según se cuenta, estaba siendo ultrajada, y a partir de entonces todos sus actos estuvieron revestidos de ese coraje, ardor, celo y energía que lo llevaron a lograr sus metas, estando siempre vigilante de ellas.

¡Qué gran aprendizaje: **dejar de ver al suelo y voltear a ver la meta.**

Una taza
de café
con...
María Félix

Centro Nacional de la Artes en la actualidad, pero en la época de oro del cine mexicano los famosos Estudios Churubusco en la colonia Country Club en el sur de la Ciudad de México.

Este fue el lugar el escogido por "La Doña", como era conocida mundialmente la gran diva del cine nacional María Félix, para la realización de la entrevista.

No voy a mentir, pero esta entrevista fue una de las más esperadas al tiempo de las que consideraba más difíciles de realizar, por la imponente personalidad de nuestra entrevistada.

Absorto en estos pensamientos, no me percaté del arribo de La Doña al estudio de cine en donde yo me encontraba, hasta que una voz determinante y firme me dijo: "¿no querrás que mientras tú estás sentado yo permanezca de pie verdad?, sé un caballero y acércame mi silla".

Inmediatamente me incorporé y le acerqué una silla, al tiempo de saludarla y ofrecerle una disculpa por no haberme dado cuenta de su arribo.

Debo reconocer que la sola presencia de La Doña causa una gran impresión en las personas, al menos en mí, ya que son de ese tipo de personas que hacen que uno se fije en ellas, que las volteas a ver y admiras "un no sé qué" de ellas; de las que transmiten una gran seguridad que se le nota por todos los poros de su persona. Algunos dirán "con ángel", yo diría que de las que seducen no solo con su presencia, sino también con su voz, su figura, su carrera, su vida, su.............., definitivamente todo lo que es y lo que sale de ella.

Una vez instalados y sabedor que no le gusta andar con rodeos, inmediatamente procedí a comentarle que el objetivo de mi entrevista, consistía en saber y conocer algún aspecto que no tenía nada que ver con su carrera profesional, sino más bien con su persona y con su personalidad, su forma de ser, su forma de conducirse en la vida, pero consciente que en cualquier momento ella podría suspender la entrevista por mi anunciada intromisión en su vida privada.

Su mirada directa y penetrante hace temblar a cualquiera, insisto, ¡a mí sí!, y proseguí:

Ese aspecto del cuál quiero preguntarle, corresponde a una anécdota de la que se dice, usted fue protagonista.

Ella, callada, esperaba le dijera a qué momento de su vida, me refería.

Es un hecho que usted narró en alguna ocasión, en la que una señora se refirió a usted como un monumento a la soberbia, y que su respuesta hacia ella fue: "**soy un monumento al amor propio**"**.** La señora en cuestión le pidió que no le gritara, y la respuesta que usted le brindó fue: **"yo no grito, lo que pasa es que tengo la voz importante".**

Muy cierto, dijo La Doña, ¿y qué deseas saber?, me inquirió.

Que en este ejemplo, se conjugan dos conceptos que me interesan, contesté, **la soberbia y el amor propio.**

Desde su punto de vista, ¿cuál es la diferencia entre ambos?

Se acomodó en su silla, dio un sorbo a la copa de vino que había pedido y me dijo:

Desde muy pequeña aprendí más de la soberbia que del amor propio, ya que en nuestra sociedad se le daba más valor a la primera. Cualquier acción que realizaras para defenderte o para protestar por algún hecho que consideraras injusto para ti, inmediatamente había algún adulto que te decía que eras una soberbia. Es más, si te atrevías a poner en primer lugar, antes que tus hermanos o que tus padres, te tachaban de soberbia, y te remataban diciendo que "el burro iba al final". Si te considerabas guapa o guapo y lo decías o lo demostrabas, te decían que eras una soberbia. Si te atrevías a enseñar algo de tu propiedad o algo de lo que te sintieras orgullosa, eras una soberbia. Si hablabas de ti, eras soberbia. Incluso si lograbas un triunfo o alcanzabas una meta, como sacar buenas calificaciones en la escuela, te "recomendaban" no ensoberbecerte.

En cambio, en aquella época prácticamente no se hablaba del "amor propio". Sé que hace muy poco tiempo este concepto se ha venido familiarizando y, sobre todo, se ha venido poniendo en práctica, y ello me alegra mucho, porque debemos apreciarnos primeramente, nosotros mismos y de ahí apreciar a los otros.

¿Apreciar?, pregunté.

Sí, apreciar, respondió La Doña.

Pero no apreciar como sinónimo de "querer", eso es otra cosa.

Apreciar significa darte valor como persona.

Apreciar significa incrementar tu valor como persona cada día.

Apreciar significa decir NO cuando tu interior te diga NO.

Apreciar significa establecer límites, a uno mismo y a los otros.

Apreciar significa decir lo que piensas.

Apreciar significa luchar por lo que merezco.

Apreciar significa no quedarte callada sumisamente.

Apreciar significa alejarse de personas que no te son afines.

¿Quieres que siga?, preguntó.

No, quedó muy claro su significado de "apreciar", contesté.

¿Y para usted que es la soberbia?, pregunté:

Si te consideras incapaz de reconocer un error, eso es soberbia.

Si no haces nada por subsanar ese error, eso es soberbia.

Si te consideras incapaz de ofrecer una disculpa, eso es soberbia.

Si te consideras incapaz de perdonar, eso es soberbia.

Si te consideras incapaz de perdonarte, eso es soberbia.

Si te consideras incapaz de ver el lado positivo del otro, eso es soberbia.

Si te crees superior al otro en esencia, eso es soberbia.

Si hablas mal de otros y rematas diciendo que eres mejor que ellos, eso es soberbia.

Si desprecias y/o humillas a los otros, eso es soberbia.

Si no aceptas un papel en una película por no ser el protagonista, eso es soberbia.

Si crees que tu opinión es la única importante, eso es soberbia.

En resumen, la soberbia es una gran carencia de afecto personal.

Puede ser que desde pequeños aprendimos mucho sobre soberbia, pero ahora que uno ya es adulto, debemos desaprenderla y aprender del amor propio.

¿Quieres que siga?, volvió a preguntar.

No, también quedó muy claro su concepto de soberbia. Contesté.

A propósito, ¿qué es el amor propio?, interrogué.

El amor propio es una de las características o fases del amor por uno mismo, es el valorarse a una misma, el sentirse cariño por uno, el recompensarte cada día, es el sentirte viva, respondió categóricamente y prosiguió:

El amor por uno mismo debe tener tres fases:

1) Amor propio
2) Amor incondicional y
3) Amor eterno

Amor propio porque te pertenece, no es de nadie más, por lo tanto eres tú quien determina cuánto amor te das o cuánto amor te quitas. Todos tenemos amor propio, lo importantes es verificar en qué nivel se encuentra dentro de nosotros.

Amor incondicional porque debe ser sin limitación, sin restricción, absoluto, sin condiciones, sin regatearlo (¿cuánto es lo menos?). Sabiendo que siempre te lo brindarás a pesar de las circunstancias que experimentes y a pesar de que otros te digan que eres soberbio(a).

Y amor eterno porque inició con tu nacimiento y durará por siempre, que no se cansará, ni desgastará, será persistente, insistente y recurrente, que acompañará en las buenas, en las malas y en las mejores. Que estará cuidándote, protegiéndote, guiándote.

¡El no brindarte amor propio cada día, es como si estuvieras leyendo en vida tu epitafio!

Vaya forma de hacernos reflexionar que estamos vivos, pensé.

Otra expresión que me gustó de usted es aquella de **"yo no grito, tengo la voz importante"**, ¿qué significa?

Hacer valer tu voz, respondió de inmediato.

Hacer que trascienda, que se oiga, que se sienta.

No se trata de imponerla, porque eso es soberbia, pero así como debes tener voz importante, también debes tener oído importante para escuchar intencionalmente y con atención a los otros.

Álvaro, usted me ha hecho decir cosas que antes solo había dicho en lo íntimo de mi vida, creo que es suficiente por ahora, replicó y se levantó extendiendo su mano para despedirse, y al tiempo que se retiraba alcancé a escuchar que dijo **"el amor propio también incluye que si la vida no me da el momento que merezco, se lo saco yo a la vida".**

La vi alejarse con gran porte y presencia, quedando gratamente impresionado con su personalidad.

Una taza de café con...

Miguel de Cervantes

"Con fe lo imposible soñar..............................."

"El sueño imposible", canción que me ha acompañado toda mi vida incluso, lo declaro públicamente, se convirtió en un himno, su letra me inspira.

Aunado a ello, cuando tenía 9 años mis padres y yo fuimos a ver la obra de teatro "Don Quijote de la Mancha", por supuesto basada en la célebre novela escrita por Miguel de Cervantes Saavedra.

En dicha puesta en escena, el tema musical principal era precisamente "El Sueño Imposible", binomio este, novela y canción irremediablemente inseparables para la posteridad.

Seguramente por este antecedente, en mi época estudiantil de la secundaria cuando en la clase de literatura nos dejaron leer "El Ingenioso Hidalgo don Quijote de la Mancha", para mí fue una delicia conocer todas las andanzas de este caballero andante junto con su inseparable Sancho Panza, pero principalmente me enseñó acerca del perseguir los ideales que, como personas tenemos y que muchas veces tomamos la decisión, consciente o no de dejarlos a un lado por las circunstancias de vida que se nos van presentando o que vamos creando nosotros mismos.

Pensando en todo ello, llegué puntual a mi cita a lo que, en su momento fue conocido como "El Estudio de la Villa" en la ciudad de Madrid, España. Permanecí unos instantes leyendo la placa conmemorativa que indica que ahí estudió mi entrevistado y haciendo alusión a que fue aquí en dónde tuvo sus primeras manifestaciones literarias. En esto estaba cuando de repente sentí una mano en mi hombro derecho y al voltear me encuentro ni más ni menos que con don Miguel de Cervantes Saavedra quien amablemente se presenta y me invita a que caminemos en busca de un café público que se encuentra a una calle de este lugar.

El trayecto al café fue mágico por la gran elocuencia con la que don Miguel me iba platicando acerca del Madrid antiguo y de cómo él transitaba por estas calles en su época de estudiante de humanidades.

Llegamos a un café y cómodamente sentados me preguntó acerca de la entrevista y del porqué en mi solicitud, le indiqué que más que preguntarle de "Don Quijote de la Mancha", pretendía conocer una circunstancia de su vida y del cómo la había sorteado.

En efecto, intervine, como todos sabemos por lo que nos ha contado la historia, usted fue nombrado como "el manco de Lepanto", por la herida en su mano izquierda, de que fue objeto en la batalla del mismo nombre, apodo por cierto, irreal, ya que usted cuenta con su mano izquierda, es decir, usted, ¡no quedó manco!, sólo perdió movimiento en esta extremidad. En este sentido ¿no le enoja el haber sido nombrado con este apodo a todas luces irreal e injustificado? Reflexionando acerca de mi comentario y mi pregunta, tomo un sorbo en su taza de café y en forma pausada me dijo: - uno de los mayores aprendizajes que nos legó Shakespeare fue que **"no hay nada bueno ni malo en lo que la gente te diga, es tu pensamiento el que lo hace así"** -, así que el ser conocido con este sobrenombre, no me importa, creo que en la vida hice cosas mucho más importantes.

Cuando realmente te conoces y trabajas en ti, no te permites que muchas cosas, como ésta, te afecten.

Este comentario llama mucho mi atención, inquirí, ya que por las biografías que tenemos de su vida, se evidencia que usted sufrió más desdichas que dichas y, por ejemplo este sobrenombre como usted le llama, le causó una estigmatización y burlas por parte de los otros.

Si, tienes razón, contestó en forma pausada. Fui objeto de burlas, desaprobaciones y señalamientos por esta discapacidad física y, para algunas personas esto crea una diferenciación entre los hombres, porque clasifican a las personas en dos grupos: "normales" y "anormales", y a mí me consideraban "anormal", pero yo sabía que esto sólo era una apreciación de las personas. Sin embargo, la decisión de lo que haría con este estigma social, era una decisión solo mía, de nadie más, y pude haber hecho que la queja, el pesar y el enojo, se convirtieran en algo aceptable en mí, incluso lo pude haber potenciado y llevar mi frustración hacia todos los que me rodeaban, pero también sabía que todo ello me traería pobreza de espíritu. En una palabra, me pude haber quedado en la ingratitud hacia los otros, simplemente porque me ven y me califican como "diferente", pero todos sabemos que “la ingratitud es la hija de la soberbia”. Al final de cuentas, estos prejuicios sociales siempre han existido y seguirán existiendo y no por ello nos vamos a complicar la vida, ¿no crees?

Totalmente de acuerdo con usted, contesté, pero para ello debemos hacer un reconocimiento de nosotros mismos, sabernos cómo reaccionamos, como pensamos, cómo sentimos.

En efecto, prosiguió **“haz que tu negocio sea conocerte a ti mismo, que es la lección más difícil del mundo”**, y para ello lo primero que debes hacer es un viaje a tu interior, es como si realizaras un tour reservado sólo para ti, en dónde sólo tú eres el viajero y emprendes el viaje ávido de saberte, de conocerte y, tal vez en algunos casos, de reconocerte. Para mucha gente este tipo de actividad puede resultar totalmente estéril, ya que están ocupados en otras actividades que consideran más importantes que dedicarse tiempo a ellos mismos. Además se tiene la creencia que así como uno nació, así debe uno morir, por lo tanto los cambios para mejorarse como persona los consideran imposibles, y yo pienso que “para alcanzar lo imposible, uno debe intentar lo absurdo”, entonces por qué no darse el permiso para conquistar nuestro interior.

Y una vez que realizamos ese viaje interno, ¿qué sigue?, pregunté intrigado.

Son varios pasos los que se dan en este proceso: Recibir, Reconocer, Reflexionar, Reinterpretar,

Representar y Remediar, veámoslo con detalle si tú me lo permites, comentó:

- Recibir conscientemente la información que surja de tu viaje interno.
- Reconocer la emoción al darte cuenta de algo que no te gusta.
- Reflexionar el por qué no te gusta, ¿hubo algún hecho que lo generó?
- Reinterpretar, es decir, dar una nueva interpretación al hecho anterior.
- Representar un nuevo escenario con la reinterpretación anterior, y
- Remediar, que significa sanar esa emoción detectada.

Como verás son siete escalas las que debemos realizar durante nuestro viaje. En algunas de ellas tal vez, nos demoremos más que en otras, todo depende de la intensidad de nuestra emoción, por ejemplo, en la escala del Reflexionar es probable que al visitar nuestro pasado, ocupemos más tiempo para determinar el momento en el cuál se generó ese malestar en uno. Aquí lo importante es continuar con el trabajo personal a través de la paciencia. **Es increíble que no tengamos paciencia para sanar una emoción pero si la tuvimos para enfermarla.**

Don Miguel, interrumpí, es realmente muy importante lo que me comenta, ya que uno de los aspectos que he podido constatar, es que las personas tenemos el ideal de estar mejor cada día, pero hacemos poco por realizarlo.

Si, respondió con pausa pero con gran firmeza, el gran conquistador Alejandro Magno lo decía muy bien "Conocerse a uno mismo es la tarea más difícil porque pone en juego nuestra racionalidad, nuestros miedos y nuestras pasiones. Si uno consigue conocerse a fondo asimismo, sabrá comprender a los demás y a la realidad que lo rodea", y yo digo que también el trabajo personal de conocerse a sí mismo también pone en juego nuestros ideales.

¿Será por ello que en su obra "Don Quijote de la Mancha" usted hace una estampa de los ideales, aspiraciones, ambiciones, ilusiones y deseos del hombre, pero enfrentados con la realidad?

Don Miguel de Cervantes me observó fijamente y me dijo, - así como cada uno tenemos ideales de acuerdo a nuestra historia, igualmente tenemos realidades basadas en esa historia personal -, y me remató, **¿cuál es tu realidad ahora? Y ¿cómo ves esa realidad enfrentada a tu ideal de vida?**

Dicho esto y ante mi cara de duda, Don Miguel de Cervantes Saavedra se disculpó por retirarse y educadamente me tendió su mano despidiéndose y caminando hacia aquel lugar en el que nos encontramos inicialmente.

Una taza
de café
con...
Marie Curie

La Sorbona de Paris fue el lugar en el que se acordó la realización de esta entrevista. Uno de los espacios preferidos de nuestra invitada, ya que en este campus fue en donde estudió física y matemáticas.

¿Su nombre?, Marie Curie

¡Sí!, la física de origen polaco, ganadora de dos Premios Nobel, uno de Física y el otro de Química.

Puntual llegó al lugar acordado vistiendo con un vestido largo color negro que llegaba hasta sus zapatos del mismo color. Una especie de chalina color blanco y figuras de encaje que rodeaba su cuello, sostenido con una especie de fistol pequeño. Su clásico peinado con el cabello recogido con un chongo.

Educadamente saludó al llegar y se dijo lista para la plática.

Ella pidió un té de negro, por mi parte un café negro.

Deseoso de conocer más de esta gran dama de la ciencia, me apresuré a comentarle que independientemente de sus aportes a la humanidad como el descubrimiento del elemento químico que ella misma bautizó con el nombre de Radio, mi deseo era enfocarme en algunas citas que nos legó a la humanidad y que, desde mi punto de vista, su mensaje iba mucho más allá de la ciencia, tal vez a algo más importante, a la evolución personal.

Interesada en mis palabras, asintió con la cabeza y yo proseguí:

Como parte de su filosofía de vida, usted asegura que **"nadie puede construir un mundo mejor sin**

mejorar a las personas, cada uno debe trabajar para su propia mejora”. En lo personal estoy totalmente de acuerdo con usted, le dije, pero también es cierto, que las personas, no sé si por hábito aprendido o por naturaleza de vida, estamos más al pendiente de los otros en lugar de tener la vista puesta en uno mismo, entonces dejamos de trabajar en nuestra mejora personal por estar “ocupados” en los demás.

Se quedó por un momento pensando lo que le dije y contestó: **“estoy convencida que debemos ser menos curiosos con la gente y más curiosos con las ideas”**, ¿cuáles?, las nuestras, las propias, esas que a cada momento nos llegan a la cabeza, esas a las que por lo general, no hacemos caso, las dejamos pasar y perdemos la oportunidad de efectuar cambios en nosotros mismos para mejorar como personas.

¿Y esas ideas que cambios nos sugieren?, cuestioné.

Cuando pones atención a tu diálogo interno te das cuenta lo que debes modificar en ti. Alcanzas a distinguir las diferentes modalidades del cambio.

Seguramente se dio cuenta de mi cara de duda respecto a lo que ella denominó “las modalidades del cambio”, porque inmediatamente me dijo – déjame te explico: -

Cuando pones atención en ti:

✓ Te haces consciente de cambiar lo que puede ser cambiado en ti.

- ✓ De cambiar lo que es impostergable ser cambiado en tu persona.
- ✓ Cambiar lo que te das cuenta que nunca ha cambiado.
- ✓ Y, sobre todo, cambiar aquello que consideres “normal”.

A veces, nos damos cuenta que estas cuatro modalidades surgen en nosotros al mismo tiempo, como una oportunidad de cambiar y mejorarnos como seres humanos. En otras ocasiones solo tendrás idea de alguna de éstas, lo importante es darle valor a ese gran poder que tenemos del “darnos cuenta”, dijo convencida y prosiguió:

- ✓ **Cambiar lo que puede ser cambiado en ti:** En nuestra persona hay muchos aspectos que podemos renovar, regenerar, modernizar y progresar; por ejemplo, alguna conducta que nos ha acarreado problemas con los demás o con nosotros mismos. Si lo pensamos, prácticamente todo es susceptible de ser modificado en nosotros, lo importante es darnos cuenta de ello, no hay aspecto que no podamos cambiar en nosotros.
- ✓ **Cambiar lo que debe ser cambiado:** Hay aspectos de nuestra personalidad que han quedado en desuso, que han caducado o que por alguna circunstancia de vida, resulta impostergable

la modificación. El problema de este tipo de cambio, es que al ser obligatorio, no nos damos la oportunidad de hacerlo de una forma adecuada, y la variación no resulta satisfactoria. Lo mejor es hacerlo en forma gradual, armoniosa, progresiva y ascendente.

✓ **Cambiar lo que nunca se ha cambiado:** Somos seres de hábitos, algunos de ellos los hemos venido repitiendo desde nuestra infancia, y llegan a resultar tan rutinarios, que no nos percatamos de su inoperancia actual. No nos damos cuenta que lo podríamos hacer de otra forma con ahorro de tiempo o de esfuerzo. Recordemos que para saber de la efectividad de algo, debemos poner a prueba el proceso de ensayo-error, hasta lograr el cambio deseado.

Entre mí pensé: "ensayo-error", al final de cuentas es una científica, pero tiene toda la razón, ya que este procedimiento también aplica en las personas.

✓ **Cambiar todo aquello que se considere "normal":** Uno de los mayores obstáculos que nos ponemos las personas, es considerar "normal" algo, desde una forma de ser, un comportamiento, una forma de expresarse, no poner un límite, callarse ante alguna injusticia, en fin hay muchos aspectos de nuestra vida cotidiana que consideramos "normales". Recomiendo que cuando califiques alguna circunstancia como "normal", de inmediato la revises, ya que seguramente requiere un cambio.

"Las costumbre y las tradiciones son muy importantes, pero sólo deben servirnos para contarlas y no para habituarnos en ellas, ya que corremos el riesgo de obstaculizar nuestro desarrollo".

Entonces, interrumpí, con lo que nos comenta, ¿no debemos considerar al cambio como "normal"?

Reitero, respondió, si lo consideras "normal", es porque se hace necesario revisar tus creencias acerca del cambio, **"el cambio no debe ser temido, sino entendido".** Debemos romper todos aquellos paradigmas que aprendimos, cuestionarnos acerca de su efectividad y actualidad, entender y comprender que fueron aprendizajes de vida, pero que no necesariamente deben ser permanentes. Aquí, precisamente es en donde nos presenta la oportunidad de mejora personal y por lo tanto, de un cambio interno.

Para mucha gente, el sólo pensar en el proceso o trabajo a realizar en su persona así como el tiempo que se puede llevar hasta su conclusión, hace que se aborte o, incluso, que ni siquiera se inicie, comenté.

"La vida no es fácil para ninguno de nosotros. Pero..... ¡Qué importa! Hay que perseverar y,

sobre todo, tener confianza en uno mismo. Hay que sentirse dotado para realizar alguna cosa, hay que alcanzarla cueste lo que cueste"

Madame, expresé, agradezco mucho no solo su tiempo, sino esta gran luz que nos ha compartido de este aspecto de su vida que es poco conocido, pero que la retrata como un gran ser humano que además de haber aportado grandes descubrimientos para la humanidad, también nos trascendió una gran lección para mejorarnos como personas. Toda su vida rompió paradigmas, fue algo natural en usted, y el día de hoy rompió con el paradigma de mujer de ciencia al permitirnos ver su lado humano, ¡muchas gracias!, dije realmente emocionado.

Ella se incorporó al tiempo de agradecer amablemente esta entrevista, nos despedimos y la vi alejarse por los jardines de este famoso campus de la Sorbona, dejando en mí, una gran satisfacción por el aprendizaje que recibimos de ella.

Hoy sé, que es mi responsabilidad trabajar en mi propia mejora.

Una taza de café con...

Vincent Van Gogh

"La casa amarilla" (un café en la actualidad) en la Plaza Lamartine en Francia, lugar en el que alguna vez estuvo situado este inmueble que fue el estudio en el que pintaba Vincent Van Gogh, fue el sitio escogido por este célebre artista para la realización de la entrevista, ya que para él representa un lugar y un periodo muy importante en su vida a tal grado, que después inmortalizó con su pintura del mismo nombre "La casa amarilla".

Leyendo la placa conmemorativa que hace referencia a esta época de su fructífera vida, uno de los meseros del café, me informó que Vincent Van Gogh ya me esperaba en una mesa interior, por lo que me apresuré a entrar y conocer a este gran artista de origen holandés que nos dejó un gran legado artístico, sí, pero también un legado de superación personal que nos puede servir como modelo para incorporarlo a nuestras vidas y mejorarnos como personas.

Lo vi a lo lejos y lo reconocí por su inconfundible figura y personalidad.

Me acerqué y lo saludé formalmente y él en forma muy respetuosa me respondió el saludo y me invitó a sentarme, al tiempo de ordenar dos cafés expresos "bien cargados"; así los pidió.

Me permití iniciar la entrevista indicándole que la historia y en específico sus biografías, nos dan a conocer su extensa obra artística que consta, según se dice, de 900 pinturas y más de 1,600 dibujos, es decir, más de 2,500 obras artísticas que además, y por si fuera poco, realizó en tan sólo ¡diez años de su vida!, o sea que pintaba, en promedio, ¡casi cinco pinturas por semana!

Él confirmó esta información y me dijo: "tal vez ya lo sepas, pero yo decidí ser pintor a los 27 años de edad".

En efecto, contesté, si tenía este dato, pero además hay un hecho de su vida que me interesa mucho conocer, y que es lo que motivó esta entrevista:

Usted se declaraba orgullosamente AUTODIDACTA.

Y me sigo sintiendo orgulloso de ello, respondió rápidamente.

¿Para usted, que significa ser autodidacta?, pregunté:

Autodidacta es aquel que se enseña a sí mismo. Es aquella persona que se provee de sus propios medios, herramientas e insumos, para obtener nuevos conocimientos. Es la persona que desarrolla esa gran capacidad con que contamos llamada curiosidad, para instruirse en cualquier área de su vida.

Me imagino, interrumpí, que usted tenía una gran motivación personal para desarrollar su propio aprendizaje.

Sí, si la tenía y la sigo teniendo, me motivaba mucho el poder expresarme a través de mi pintura, pero debo reconocer que había momentos de flaqueza y mi motivación decaía, era entonces cuando mi disciplina entraba en juego y continuaba con mi gran pasión de pintar, **"estoy convencido que hay que trabajar y atreverse, si realmente se quiere vivir"**, y mi forma de vivir era plasmando mi imaginación en un lienzo.

Al convertirse en un autodidacta crónico, si me permite la expresión, ¿qué fue lo que aprendió?, le pregunté.

Sería interminable decirte todo lo que aprendí, pero te comento algunos de los aprendizajes que tuve:

- **Detonación de mi productividad**
- **Atención deliberadamente amplificada**
- **Creer y confiar en mí mismo**
- **Generarme un cambio en forma intencional**
- **Encontrar el mejor momento de cada día**
- **Conexión espiritual conmigo mismo**
- **Alegría crónica**

Estas son solo algunas de las lecciones que tuve y que he mantenido a la fecha como parte de mis aprendizajes diarios.

Fascinado por las palabras que utiliza para describir su ilustración y su experiencia, me atreví a preguntar: ¿considera usted tener una adicción al estudio?

"En la vida todos tenemos una adicción imprescindible que saciar", pero esta "adicción" no es como ustedes la significan en la actualidad, sino que para mí, adicción significa **"estar a la orden de algo o de alguien".**

Te preguntarás, me dijo mirándome fijamente a los ojos, ¿y a la orden de qué estuvo usted en su vida?

Sin dejarme responder, él mismo contestó: ¡de mi pintura! Pero para ello tenía que saber, conocer, aprender, instruirme, cultivarme, prepararme, profundizar en el tema y además ejercitarme, por eso me hice autodidacta, aprendí en los libros y en el lienzo.

Un poco sorprendido por esta nueva definición, para mí, de adicción, le pregunté: ¿cuáles serían las conductas que debemos poner en práctica para ser autodidactas?

Sin vacilar ni por un instante, contestó:

1. **Estudio independiente**. Si bien es cierto que somos seres sociales y por lo tanto, en cierta medida dependientes de algo o de alguien en las diferentes áreas de nuestra vida. Considero que además de que existan instituciones de educación en todas las áreas del conocimiento, debemos buscar el aprendizaje cada día de nuestra vida cotidiana y ello, por lo general, no lo aprendemos y mucho menos lo aprehendemos en la escuela, sino en la vida diaria, por ello, **"siempre estoy haciendo lo que no puedo hacer, con el fin de aprender a hacerlo".**

2. **Responsabilidad consciente.** Poner en funcionamiento nuestra responsabilidad, implica madurez, sensatez, juicio y seriedad. Por lo que ser un autodidacta responsable, implica tomar en serio nuestro aprendizaje y, si además lo hacemos conscientemente, el compromiso adquirido con nosotros mismos se convertirá en una competencia personal muy preciada en nuestra vida. Es un acto de amor a nosotros mismos, y **"lo que se hace en el amor, se hace bien".**
3. **Aprendizaje permanente.** Para adquirir experiencia, el único camino que nos regaló la vida, es el aprendizaje. **"yo, por mi parte, estoy decidido a no tener más armas que mi pincel y mi pluma".**

El poder de ser autodidacta, es muy revelador de la personalidad de cada quién, le comenté, tal vez haya personas que prefieran ser enseñados por otros; algunos más tal vez ni se preocupen por aprender más de lo que la vida les depare, y algunos otros que sí se permitan aprender con sus propios medios convirtiéndose en autodidactas, cada quien elije la forma de aprender y aprehender, y ello es muy respetable, pero usted nos da una lección de la gran capacidad interna de que disponemos para generarnos el conocimiento necesario para transitar por la vida en forma más eficiente, por lo que agradezco su compartir basado en su experiencia personal y el gran ejemplo que nos da, por lo que estoy muy honrado con su tiempo y su compartir.

Vincent Van Gogh conmovido con mis palabras, se levantó y agradeció mis comentarios y me dijo:

"Qué sería de la vida si no tuviéramos el valor de intentar algo nuevo"

¡Ah!, antes de despedirnos te aclaro que el convertirse en autodidacta no es privativo de aprender solo lo relativo a materias escolares, sino que abarca todas las áreas de la esfera de la vida, y así como yo lo utilicé para aprender a pintar, tú lo puedes utilizar por ejemplo para:

- ✓ Aprender a ser feliz
- ✓ Aprender a ser tolerante
- ✓ Aprender cómo ser puntual

Recapacita ¿qué conoces de estas esferas de tu personalidad, qué necesitas aprender, en dónde lo podrías aprender, qué pondrías en juego para ser autodidacta en estos temas?

Una taza
de café
con...
Coco Chanel

Pent House del Hotel Ritz en la Plaza Vendome de Paris, fue el lugar escogido para la cita con esta enigmática dama, sitio especialmente importante para ella, ya que durante muchos años ahí fue su lugar de morada.

Coco Chanel salió de una habitación elegantemente vestida con traje sastre, cabello corto refinadamente peinado, y las características joyas que habitualmente la acompañan como sello distintivo de su esencia, su personalidad y su clase.

Me presenté saludándola cortésmente y su respuesta fue igualmente educada y elegante.

Me invitó a tomar asiento en un espacio refinado con vista a la Plaza Vendome; ella pidió té verde y yo pedí un café irlandés.

A todas luces es una persona perfeccionista y seguramente exige a todos lo mismo, todo acomodado en su lugar, milimétricamente acomodado, limpio, pulcro y a la vez de sencillo pero sobrio. Seguramente se dio cuenta de mis observaciones e inmediatamente me dijo **"la simplicidad es la clave de la verdadera elegancia".** Reconozco que me dio pena por haberse dado cuenta de mi "intromisión", pero a la vez estoy satisfecho por su respuesta tan .... elegante.

Sabedor de su poder e influencia en lo femenino, inicié indicándole que el motivo de la entrevista, es para conocer el significado de una cita que ella decía y repetía constantemente:

"Una mujer debe ser dos cosas:

- ✓ **Ser quien ella quiera y**
- ✓ **Ser lo que ella quiera"**

Después de tomar un poco de té, se acomodó en su sillón y me dijo:

En efecto, conozco a muchas chicas que trabajan en lo que no les gusta, que hacen lo que no quieren hacer, que se dedican a actividades, entre ellas el hogar, que solo les brindan frustración por el tiempo, a veces completo, que deben dedicarse a ello.

Un común denominador que he encontrado al platicar con ellas, es que desde muy pequeñas recibieron aprendizajes en el hogar como: "tú debes ser alguien en la vida". Pasan los años y crecen y están confundidas porque no atinan a identificar a ese "alguien" que les pusieron como modelo de vida. El resultado es que se pasan la vida en la búsqueda del "alguien", distrayéndose de ser quienes son en realidad, lo que desean ser, y no solo un "alguien", sino ellas mismas. Esa búsqueda del "alguien", lo único que provoca es que no se pueden desplegar las alas que la vida nos brinda, y yo estoy completamente convencida que **"si naciste sin alas, no hagas nada para evitar que crezcan"**

Pienso, le dije, que usted se, encargó que sus alas crecieran. En ese sentido, ¿qué actitudes y/o aptitudes puso en juego para lograr lo que logro con sus alas desplegadas?, si me permite la metáfora.

Por supuesto que te la permito, me dijo, me encantan las metáforas, sentenció.

Soy exigente, perfeccionista, tengo mal genio y soy arrogante. **"De hecho la arrogancia está en todo lo que hago. Está en mis gestos, en la dureza de mi voz, en el brillo de mi mirada, en mi rostro vigoroso"**. ¿Deseas que continúe con mis aptitudes?, por supuesto lo dijo con gran sarcasmo, por lo que sonreí y asentí. Ella, tal vez divirtiéndose me dijo, - sí, soy todo ello, pero también siempre he tenido disposición para los cambios, he sido capaz de aprovechar las oportunidades que se me han presentado y siempre abierta a aprender, desarrollarme y evolucionar. Si lo tuviera que resumir, diría que toda mi vida he tenido la disposición de ser aprendiz. **"Siempre he estado dispuesta a pensar por mí misma y a pensar acerca de mí en voz alta"**, pero como dije, con la actitud intencional de ser discípula, alumna, estudiante, novata y aprendiz.

De esta forma estarás abierta para saber quién deseas ser y qué quieres ser en la vida, por ejemplo **"mi vida no me agradaba, por lo que creé mi vida. Me la inventé dando por sentado que todo lo que no me gustaba tendría un contrario que me encantaría"**. Por lo regular, siempre nos enfocamos en lo malo o negativo de cualquier situación, pero todo tiene un contrario, otro punto de vista, otra forma de hacer las cosas, pero mientras sigamos viendo solo lo negativo no nos creamos la oportunidad de saber si lo contrario es lo que realmente deseo para mí.

La moda por ejemplo, tiene mucho que ver con la vida diaria, **"la moda no es algo que sólo exista en los vestidos. La moda está en el cielo, en las calles. La moda tiene que ver con las ideas, con la forma en que vivimos, con lo que está sucediendo a nuestro alrededor"**, y esto fue algo que siempre les dije a las jóvenes que andaban buscando al "alguien", y les preguntaba:

¿Estás a la moda?

A la moda en tus pensamientos, en tus emociones, en tus deseos, en tus intereses, en tu vida diaria, en tus relaciones, en tu trabajo, en tus sueños.

Cuando das respuesta a estas preguntas, estarás en posibilidad de saber quién eres y qué deseas en la vida, de lo contrario, permanecerás fuera de la moda. ¿Recuerdas que te dije que me encantan las metáforas?

El trabajo personal, ese que implica el observarnos, conocernos, reconocernos, aceptarnos y saber de nosotros mismos, lleva un tiempo, sí, **"hay un tiempo para trabajar y un tiempo para amar"**, ¿qué crees que pasaría si ese trabajo y ese amor lo conviertes en auto-trabajo y auto-amor? Simple y sencillamente dedicarás tu tiempo a ti mismo y, por lo tanto, a verificar cómo está tu moda actualmente en todas las áreas de tu vida.

Recuerda que cuando me refiero a moda no hablo de apariencia, dinero o ropa, ¡no!, hablo de esencia, educación y clase;

"la esencia de la vida es siempre ir hacia adelante"

"la educación no cambia el mundo, cambia a las personas que cambiarán al mundo", como dijo Paulo Freire, y

"La clase y la elegancia es cuando el interior es igual de hermoso al exterior"

Y aquí, es cuando vale la pena preguntarse:

"¿Soy persona con clase, o qué clase de persona soy?"

Ser quien yo quiero, tiene que ver con mi esencia.

Saber lo que yo quiero tiene que ver con mi educación.

Comportarme como soy, tiene que ver con clase.

"Cuántas preocupaciones desaparecen cuando decides ser tú en lugar de sólo ser alguien".

Afuera ya estaba oscuro, se veían las luces que han hecho famosa a la llamada "Ciudad Luz", en la Plaza Vendome se veían pocos transeúntes, el tiempo había pasado muy rápido en compañía de esta maravillosa dama que en su personalidad conjuga tres elementos indispensables:

Esencia - Educación – Clase.

Agradecí su decisión de compartir con nosotros su filosofía de vida y ella, elegancia en todo su ser, se despidió de mí y con la ayuda de una de sus secretarias, se retiró, dejando la estela de su perfume como constancia de su irresistible presencia, y este hecho me hizo recordar una de sus más célebres citas:

"El perfume anuncia la llegada de una mujer y alarga su marcha"

Saliendo de la entrevista y mientras me trasladaba en el metro de Paris a mi hotel, una pregunta rondaba mi cabeza:

¿Soy persona con clase o qué clase de persona soy?

Una taza de café con...

Winston Churchill

EL Palacio de Blenheim en Woodstock, Condado de Oxfordshire, en el Reino Unido de la Gran Bretaña. Sitio predeterminado para la realización de esta entrevista, escogido por él mismo, el Sr. Winston Churchill por ser el lugar en el que nació este que fue uno de los personajes más influyentes de la historia. Igualmente, residencia a la que le gustaba retirarse para meditar.

Sin duda, una entrevista largamente esperada, ya que el encontrarse con quien fue el Primer Ministro del Reino Unido en una de sus épocas más difíciles, como fue durante la Segunda Guerra Mundial, representa no solo un honor, sino todo un reto por el motivo por el cuál fue solicitada.

Siendo las 3:45 de la tarde, me presenté en la recepción del palacio. Me recibieron cortésmente y me pidieron esperar en uno de los salones de té dentro del palacio.

Observando la gran cantidad de objetos que adornan este salón, seguramente muchos de ellos, testigos de reuniones, conversaciones, acuerdos y desacuerdos que marcaron el rumbo de la Segunda Guerra Mundial. Estaba sumido en estos pensamientos, cuando me anuncian la llegada del Sr. Churchill.

Exactamente a las 4 de la tarde se abrió una puerta contigua al salón y lo vi acercarse lentamente con su inseparable puro en la mano derecha, me saludó con la clásica flema inglesa, al tiempo de invitarme a sentar y pedir nos sirvieran el tradicional té, por supuesto, la entrevista se pactó en lo que se conoce como "la hora del té", de gran tradición inglesa, siendo ésta entrevista, la única en la que no tomé café, sino té.

Con el fin de aprovechar al máximo el tiempo de la entrevista, una hora, inmediatamente tomé la palabra, y al tiempo de agradecerle su disposición, le comenté acerca de una cita que legó a la posteridad y que deseo sea el objetivo de esta entrevista: **"El problema de nuestra época consiste en que los hombres no quieren ser útiles, sino importantes"**.

En la actualidad, le dije, se nos ha inculcado el obtener éxito en todas las actividades a las que nos dedicamos, y en todas las áreas de nuestra vida. El conquistar el éxito, supone convertirse en "importante", y quien es "importante", se convierte ante los ojos del mundo en un referente, en un modelo a seguir, ¿en su opinión, esto es malo?

Después de dar un sorbo a su té respondió: - no hay cosas buenas ni malas, sino útiles o inútiles -. "Ni el éxito es definitivo, ni el fracaso es total". Habrá áreas de tu vida en las que tengas éxito y otras en las que fracases, pero con ninguna de ellas deberías de catalogarte como "importante" o no, "lo que realmente cuenta es el valor para continuar" a pesar del éxito o del fracaso obtenidos, ya que de cada una de estas experiencias aprendes lo útil de cada situación. El ser útil en cualquier situación, produce una onda expansiva, ya que da como resultado beneficios tripartitos, a ti, a los demás y al mundo.

Uno de los estados de ánimo que son frecuentes en esta época, es el estrés - comenté y proseguí - y ese estrés nos hace disminuir nuestra utilidad en los diferentes ámbitos en que nos desenvolvemos, y a pesar de ello, deseamos ganar siempre, y por ende ser "importantes" ante los ojos de los demás. Es más, nos sentimos orgullosos si la gente confirma que a pesar de nuestras preocupaciones, tenemos éxito.

Estoy seguro, que usted estuvo sometido a muchos momentos de estrés como Primer Ministro, ¿cómo le hizo para desprenderse de ese letrero de "importante" y tomar decisiones de utilidad?

Sin más preámbulo, dijo: - en muchas ocasiones estuve a punto de estallar de nervios, sin embargo, el mejor remedio que encontré era escribir en un papel los asuntos que me preocupaban, siempre me daban como resultado tres distinciones de esos problemas como yo los calificaba:

1) **Algunos aparecían como "triviales".** No quiere decir que estos problemas no requirieran mi atención, sí, por supuesto, pero eran situaciones que podían esperar. Si yo me ocupara de ellos dejando de lado los que si merecían mi atención, en forma automática pasaría a ser un ser inútil, por ello **"aunque la estrategia se viera hermosa, ocasionalmente revisaba mis resultados".** A veces preferimos "ocuparnos" de lo trivial en aras de mantener nuestra imagen de "importantes"

ante los demás, en lugar de ocuparnos en lo que resulte útil. **"Nunca me preocupo por la acción, sino por la inacción".**

2) **Otros eran irremediables.** Este tipo de problemas por lo general son aquellos que cuando se presentaron, en lugar de tomar una acción sobre ellos, los dejamos y tal vez los estuvimos contemplando por mucho tiempo, los veíamos enfrente de nosotros pero no hacíamos nada con ellos, hasta que irremediablemente llegan a nuestro presente y no queda otra más que afrontarlos.
3) **Al final, sólo uno o dos val**ían mi atención**.** Estos son a los que debemos poner atención, voluntad y dedicación para subsanarlos. Aquí es en donde demostramos nuestra utilidad porque nos dedicamos de lleno a solucionarlos. **"La actitud es una pequeña cosa que marca una gran diferencia".**

Me hizo recordar, le dije, una frase que usted nos legó: **"Desde profundas complejidades, emergen profundas simplicidades".** A veces vemos a los problemas como un gigante que nos acecha, y este método que nos comparte para es tan simple como efectivo, ya que nos permitimos reflexionar y sentir interiormente sobre la importancia de cada situación que se nos presenta en la vida y determinar lo que realmente es importante para cada uno.

Creo, continué, que este método de escribir lo que nos aqueja, si lo aplicamos a las diversas áreas de vida, ya sea la personal, familiar, de pareja, laboral, social, etc., nos dará una nueva perspectiva y nos permitirá tomar decisiones efectivas, es decir, útiles en nuestro recorrido vital, dejando de lado nuestro ego de sentirnos "importantes" antes que útiles.

Terminando de decir esto, un caballero que forma parte del staff del palacio, se presentó indicando que "la hora del té" había concluido, por lo que, inmediatamente me levanté y extendí mi mano en señal de despedida.

Mr. Churchill se incorporó y al despedirse, me dijo **"No todo es posible en la vida, sin embargo, no es suficiente con hacer lo mejor que podamos. A veces, debemos hacer lo que se requiere"**, y eso que se requiere muchas de las veces, es solo ser una persona de utilidad para uno mismo, para los demás y para el mundo.

Dicho esto y dejándome con una gran y simple lección de vida a la que desde hoy bautizo como: **"escribir para decidir mi utilidad",** lo observé retirándose a otro salón del palacio, acompañado de su personal de apoyo.

CPSIA information can be obtained
at www.ICGtesting.com
Printed in the USA
BVHW030934260719
554446BV00006B/48/P

9 781506 529561